viva ludovico

FLÁVIO SANSO

viva ludovico

1ª edição

Copyright © 2017 by Flávio Sanso

Grafia conforme o Acordo Ortográfico da Língua Portuguesa

CAPA
Rosana Martinelli

FOTO DE CAPA
Iolanda Rodrigues

PREPARAÇÃO
Renato Potenza Rodrigues

REVISÃO
Érica Borges Correa
Vivian Miwa Matsushita

Agradecimento especial a Natacha Gattini pelo coracão da capa.

Dados Internacionais de Catalogação na Publicação (CIP) de acordo com ISBD

S229v Sanso, Flávio
Viva Ludovico / Flávio Sanso. — São Paulo: Quatro Cantos, 2019.
152p.; 15,5cm x 23 cm.

ISBN 978-85-65850-39-1

1. Literatura brasileira. 2. Ficção. I. Título.

CDD-869.8992
2019-1896
CDU-821.134.3(81)

Índice para catálogo sistemático:
1. Literatura brasileira: Ficção 869.8992
2. Literatura brasileira: Ficção 821.134.3(81)
Elaborado por Vagner Rodolfo da Silva — CRB-8/9410

Todos os direitos desta edição reservados em nome de:
RODRIGUES & RODRIGUES EDITORA LTDA. – EPP
Rua Irmã Pia, 422 — Cj. 102
05335-050
São Paulo — SP
Tel (11) 2679-3157
www.editoraquatrocantos.com.br
atendimento@editoraquatrocantos.com.br

viva ludovico

O homem não sabe mais que os outros animais; sabe menos. Eles sabem o que precisam saber. Nós não.
FERNANDO PESSOA, *Textos filosóficos*, vol. I

Há tantas estranhezas neste mundo. Mencionarei uma delas.

A pistola de ar comprimido se aproxima da cabeça e dispara um tiro. O cano de aço sai da pistola e invade o crânio a toda velocidade. Desorientada e traída, a enorme massa tomba. Um mecanismo faz as patas serem içadas lentamente até que o corpo esteja suspenso com o pescoço mergulhado em direção ao chão. É hora de recorrer ao facão de lâmina afiada. Perfurar a pele não é tão difícil, mas em seguida é preciso ter habilidade para arrastar o instrumento e esgarçar o couro duro até que se encontre a jugular, que, uma vez violada, faz despejar o jorro de um sangue vigoroso, derramado como se saído de torneira escancarada. O sangue não é o único jorro. A seguir, um líquido de cor caramelada cai e se mistura à poça sanguinolenta: é o vômito provocado pela reação ao ataque brutal.

Em regra, antes da morte iminente, o que resta à criatura é apenas o olhar vazio rumo ao piso de azulejo encharcado com os fluidos expulsos do interior de si. Numa única ocasião, no momento em que se esvaía o fio de vida, um par de olhos conseguiu mirar diretamente dentro dos olhos do açougueiro. Não foi um olhar de raiva. Nem de súplica. Nem de dor. Foi apenas um testemunho. O par de olhos arregalados era espelho a refletir imagens repetidas e angustiantes. Pelos olhos que o encaravam fixamente, o açougueiro enxergava o que de fato ele já havia feito tantas e tantas vezes. Naquele mesmo dia, pediu demissão.

Parte 1

1

O açougueiro se distanciava do local onde trabalhou por tanto tempo. Não quis olhar para trás. Uma cinta de couro contornava seu quadril. Nela estava pendurada a bainha na qual descansava um facão. Único objeto que o açougueiro fez questão de levar consigo, o facão era o legado de duas gerações. A lâmina, dizia a lenda, tinha sido feita artesanalmente e por aquelas paragens era a mais afiada de que se havia notícia. Pesava. Mas era outro tipo de peso que trazia angústia. A consciência é que era um fardo, exigindo ato de compensação. Tinha muita pressa. Escolheu ir pelo atalho, mas um rebanho bloqueava o caminho. A pontapés, os animais haviam acabado de ser despejados de um caminhão e dali a algum tempo seriam conduzidos ao curral. Não fosse sua demissão, em pouco tempo o açougueiro daria cabo de todos eles. Um por um. Tinha experiência e soube resolver a questão. Levantou bem alto o facão e o manteve à mostra. Considerando que cada espécie conhece bem o que particularmente lhe é fatal, o rebanho se dispersou em correria enlouquecida. Apenas um deles, justamente o menor e mais frágil, permaneceu inerte. O extraordinário pode mudar a vida, dividindo-a em duas, uma antes e outra depois.

Enquanto os miolos ardiam em tumulto, o açougueiro se aproximava de Ludovico, que naquele momento nem sequer tinha nome. É então pelo devido respeito que desde já sua nomenclatura é antecipada, e é o bastante antes que se avolume tentação infame de acrescentar à narrativa a expressão "dar nome aos bois". O coitado do Ludovico carregava expressão de quem não entende nada do que se passa ao redor. Tão novinho e já às voltas em querer resolver os instintos da vida. Mas, acima de tudo, o que lhe atormentava de verdade era o mais primitivo dos incômodos. Tinha fome. Como qualquer mamífero que se preze, Ludovico ansiava por tetas a lhe garantir o sustento nos primórdios da vida, não as tinha, foi desmamado da mãe precocemente. Já em relação ao pai, aí está uma questão que o açougueiro não se apresentava em condições de remoer. Certamente mudaria de assunto se lhe interrogassem.

A ideia do açougueiro foi diretamente proporcional à sua condição de quase desvario. Foi buscar rolo de corda com a qual laçou Ludovico pelo pescoço. Puxou a corda. Nada. Mais três vezes. Nada. Ludovico nem sequer fez menção de estar coagido a obedecer, apenas ruminava como símbolo de desprezo pelo que lhe era imposto. O açougueiro cruzou os braços e o encarou. Em seguida examinou os próprios músculos de homem bruto. Dispensou a corda. Mesmo para um novilho, Ludovico era bem pesado, e carregá-lo exigia força de quase se borrar pelas pernas. O açougueiro conseguiu acomodá-lo no colo. Ludovico se assustou com a atitude inusitada. Os dois eram um todo formado por um quadrúpede e um bípede, mas apenas duas pernas davam conta de transportar o conjunto ao longo da estrada poeirenta. O percurso foi penoso em diversos aspectos. O peso de Ludovico parecia aumentar a cada passo avante. O sol queimava sem dó, de modo que as gotas de suor desprendiam-se do açougueiro em espirros de fazer trilha no chão. Ele implorava aos céus para lhe dar vista da paisagem para onde seguia o destino da dupla. E quando ela apareceu, era como se avizinhasse um oásis.

Durante o percurso final, Ludovico exibia sensação plácida de adaptação e não seria exagero dizer que estava confortável. Já o açougueiro, do fundo do seu tosco coração, queria muito que ele e Ludovico se tornassem invisíveis, e por isso tentava apressar o passo para evitar acompanhamento dos olhos alheios. Mas naquelas condições, estarem despercebidos feito vento fraco era a mais inocente das ilusões ou a mais impossível das sortes. Aconteceu quando atravessavam um campo de obras, o esqueleto do que viria a ser um grande pórtico. O açougueiro só não podia imaginar que, logo na entrada da cidade, ele e Ludovico seriam capturados pelo flagrante da pessoa que, caso lhe fosse concedida a oportunidade de escolha, seria a última com quem gostaria de ter encontro.

Na beira da estrada de terra, Anacleto alternou rapidamente entre o estado de distração causado pela enfadonha tarefa de descascar cebolas e a perplexidade de se deparar repentinamente com cena tão grotesca. Levantou-se lentamente exibindo seu vestuário de cigano, que se assemelhava muito a uma fantasia desgastada de pirata. À sua vista despontava prato cheio para a fome de quem não segura a boca e vive a espalhar o que vê e inventar o que não vê. De fato a ocasião era irresistível para exercício do tão peculiar comportamento ferino. Anacleto sorriu longamente e despejou o veneno no ar:

— Ei, açougueiro. Levando trabalho para casa?

Largar à solta o açougueiro e Anacleto no mesmo quarteirão era fazer crescer cheiro de encrenca. Com rubor de raiva, o açougueiro revidou o deboche:

— Canalha de sorte! Se não tivesse as mãos ocupadas, quebraria a tua cara.

O açougueiro não tinha forças nem tempo para alimentar conflito. Continuou apressado, deixando para trás a tréplica de Anacleto. Por sua vez, enquanto sorria por causa do inusitado da cena e, especialmente, por causa do sucesso em provocar ira alheia, Anacleto observava o açougueiro se afastar com a criatura ruminante que carregava nos braços.

Às vezes o pior não é o que passou, e sim o que ainda está por vir. O açougueiro e Ludovico cruzavam a parte principal da cidade, e os olhos curiosos eram evitados com o acelerar dos passos. Faltavam apenas alguns metros. Bastava atravessar a praça, e o destino logo estaria à vista.

Mas entre a praça e o ponto de chegada erguia-se, destacada e atenta, a igreja matriz. O sino bradou com escândalo, e o açougueiro sabia exatamente o que aquilo significava, tanto que de imediato o suor frio lhe ocupou a cara encardida. Um a um, os fiéis foram se retirando da igreja. Aqui também é preciso evitar outra tentação de incorporar à narrativa o trecho metafórico "abriu-se a porteira". Padre Olímpio, satisfeito pelo desempenho do ofício de reger mais uma missa, acompanhava o rebanho com ar de serenidade, pelo menos até presenciar a cena que chamou a atenção de todos. A multidão ocupou a passagem, jogando o açougueiro e Ludovico ao constrangimento de estarem confinados ao cerco das pessoas.

— Isso só pode ser trabalho de seita insidiosa — cochichou uma velhinha, inclinando-se bem próximo a um dos ouvidos do padre Olímpio.

O burburinho aumentou, todos tinham suas próprias suposições para o caso. Padre Olímpio, estendendo função de pastor do rebanho, tomou a frente e questionou o açougueiro sobre a esquisitice daquele ato. Não que o açougueiro ignorasse por completo o respeito que se deve ter pelos símbolos da religião, mas com braços dormentes e pernas bambas já não lhe havia reserva de paciência para usar.

— Escute, padre Olímpio, agora não há como lhe explicar caso tão complicado. E quanto a vocês que me olham com olho torto, garanto que aqui não existe mal com que possam se preocupar.

O açougueiro e Ludovico passaram a abrir caminho, serpenteando entre os curiosos. Faltando-lhe as palavras, padre Olímpio contentou-se em se benzer.

O portão escancarou-se com um chute. No fim das últimas forças, o açougueiro chegou de maneira tão apressada que parecia ter a bexiga em transbordamento. Com passos que socavam o chão, atravessou o corredor externo da casa e finalmente depositou Ludovico no quintal. O alívio de se ver livre de tanto esforço permitiu que um berro lhe fugisse pela garganta.

O açougueiro enfim se deu conta da enrascada em que estava envolvido. Não tinha mais emprego e ao mesmo tempo havia arranjado boca para sustentar. Encarou Ludovico e foi tomado de assalto por uma sensação diferente de todas já experimentadas. Acostumado a lidar com um dia de cada vez, nunca avançando a fronteira que separa o hoje do amanhã, assustou-se com uma espécie de premonição. O que vinha tinha gosto de tormenta.

2

Se nos mapas o tamanho e o destaque das letras relacionam-se à importância da cidade correspondente, a letra diminuta e enfraquecida com que se indica Contagem das Uvas dá bem a dimensão de sua insignificância. Não só nos mapas é árdua a tarefa de encontrar Contagem das Uvas: as estradas de terra que a cercam são labirintos que mais parecem escondê-la do que acessá-la. Nem sempre foi assim. Houve o tempo em que extensos parreirais garantiam certa pujança, mas dessa época restou apenas a referência registrada no nome da cidade. A decadência é uma nuvem pesada que paira sobre todos os cantos. O verde viçoso das parreiras foi substituído pelo verde opaco do matagal alto, os habitantes têm a propensão de andar de cabeça baixa, parecendo apenas sobreviver mecanicamente: acordam, trabalham, comem e dormem, sem que haja qualquer providência que os desviem do fluxo enfastioso da rotina. E há um agravante: todas as cidades vizinhas conseguiram se desenvolver e são covardemente muito mais ricas e modernas que Contagem das Uvas. É dessa forma que o fracasso se torna picadeiro. Por chacota, empáfia ou menosprezo, é costume na região que os moradores das cercanias se refiram a Contagem das Uvas apenas pelas suas iniciais.

Pois bem no coração de Contagem das Uvas, perto da igreja matriz e da praça central, ali no final da rua calçada de pedregulhos, no quintal dos fundos da penúltima casa de muro alto, o açougueiro tenta desatar os nós da problemática em que se enfiou. Achou melhor começar com a resolução mais fácil, que tinha a ver com dar nome à criatura estática à sua frente. O nome escolhido já o sabemos, mas ainda é digno de descrição o processo pelo qual se chegou a ele. O açougueiro pensou em homenagear o pai, mas logo percebeu a má ideia de associar seu saudoso progenitor ao animal que em pouco tempo exibiria na cabeça um par de chifres. Reconsiderou, porém não afastou a intenção de homenagear alguém. Ludovico, pai da ex-mulher que o abandonou, foi o escolhido para receber a malfadada homenagem.

De repente o açougueiro interrompeu sua linha de pensamento e lançou um olhar técnico a Ludovico. Em tão pouco tempo não teria sido possível desincorporar toda habilidade adquirida por tantos anos de trabalho repetitivo. Examinou a pata e os tornozelos, que tinham potencial de se tornar um saboroso mocotó. O dorso logo iria se desenvolver e dali poderia ser extraído um contrafilé de qualidade. Examinou o quadril e imaginou uma peça tenra e macia de alcatra. A traseira não era lá tão protuberante, mas com o corte certo poderia render um pedaço de picanha que tivesse algum respeito.

O intervalo de devaneios passou, e o açougueiro recobrou a ordem das reflexões, não sem antes censurar o caminho que ia tomando. Acontece que o homem estava faminto e o fato é que não se podia encobrir a verdade de que Ludovico era comida em estado bruto. Então ao açougueiro ocorreu uma constatação. Não era somente assombro a orientar o comportamento de todas aquelas pessoas que saíam da missa. Uma celebração eucarística pode muito bem alimentar o espírito, mas não tem poder concreto para aquietar os gritos do estômago. Claro, Ludovico fez muitos dos devotos, conscientemente ou não, salivarem. O açougueiro enfim supôs que Ludovico também estivesse a ponto de rastejar por comida. Buscou duas espigas de milho, e ambos as devoraram em instantes. Seguindo a máxima de que barriga cheia é combustível para cabeça astuta, o açougueiro juntou os pontos e, resolvendo a equação formada por todas aquelas informações que rondavam sua mente, teve uma ideia que resolveria parte de seus problemas.

O açougueiro deixou Ludovico onde a partir dali seria seu novo lar e saiu de casa sem demora. Praguejou a rua por estar tão vazia, era desse jeito que ela deveria estar quando ali tinha passado havia algum tempo. Atravessou a praça, rumou em linha reta e só parou quando tinha de aplicar murros na porta alta da igreja matriz. Padre Olímpio surgiu com olhos esbugalhados de desconfiança. Sem batina, parecia alguém desconhecido. Esfregou os olhos por debaixo dos óculos e penteou com as mãos os cabelos brancos e desgrenhados, denunciando cochilo interrompido.

— Seja lá a que tipo de sacrifício maligno tenha entregado aquela indefesa criatura, ou qualquer que seja a maldade que esteja por trás daquela transloucada atitude, nossa casa está aberta para sua confissão.

O açougueiro não deu importância ao tom solene com que o padre se dirigia a ele, chegou mesmo a achar engraçado, mas nem por isso deixou de apresentar a justificativa que lhe parecia conveniente.

— Não se preocupe, padre. O pecado não faz morada onde manda a nossa consciência.

Padre Olímpio não se deu por satisfeito com a resposta, que dizia nada com nada. No íntimo da sua condição humana, ultrapassando todas as camadas do mister religioso, pulsava a força da curiosidade. Queria muito descobrir o mistério que rondava a cena inusitada. Preparou-se então para mais uma investida. Afiou palavras objetivas que coubessem em uma pergunta de maior eficiência. Entretanto, o açougueiro foi mais rápido, interrompendo a investigação.

— Venho propor um negócio...

O desvio do assunto embaralhou as formulações do padre Olímpio, que, por causa do desgoverno momentâneo das ideias, nem sequer conseguiu pronunciar a pergunta natural para a ocasião: "Qual negócio?". Não foi preciso. Resoluto, o açougueiro logo emendou sua proposta.

— Padre, no momento me falta meio de vida, e o senhor sabe muito bem que homem sem trabalho é plantação sem chuva. O senhor também há de concordar comigo: seria simpático se aqueles que saíssem desta casa sagrada pudessem aproveitar um gosto bom na boca. E o que um assunto tem a ver com o outro? Meu desejo é pedir autorização para me estabelecer neste pátio, junto à porta, e por aqui vender pipocas em cada final de missa.

Mesmo sem ser rude, padre Olímpio revelou incômodo e balançou a cabeça negativamente antes de expor sua contestação.

— Aí está um precedente perigoso à vista. Imagine se a partir da sua pretensão começarem a brotar por aqui as vendas de doces, bebidas e de toda sorte de petiscos. É o fim transformado em meio, pois chegará o dia em que a missa será pretexto para as pessoas virem aqui se refestelar com o prazer da gula. Não, não posso deixar as minhas missas se transformarem em quermesse. Aliás, a conservação da igreja é custosa demais para que eu deixe instaurar concorrência à oferta sacrificada dos fiéis.

O açougueiro não se deu por vencido. A rapidez do próximo argumento deixou transparecer que talvez estivesse preparado para rebater qualquer tipo de resistência.

— O receio é justo. E se existe risco, é de minha obrigação oferecer a compensação. Fica combinado que um quarto do que eu receber será destinado ao benefício das obras de reforma desta santa igreja.

E não é que o açougueiro tinha tino para a artimanha? Não foi por outro motivo, senão o de atacar o ponto fraco do padre Olímpio, que ele pronunciou bem devagar as palavras que compunham sua proposta. Padre Olímpio carregava uma obsessão e obsessões não se escondem. Era de conhecimento de toda a cidade o esforço que fazia para adequar a igreja matriz à arquitetura clássica, segundo a qual uma igreja deveria contar com a equivalência de duas torres. Às vezes, contemplava a fachada da igreja de torre única, criando na imaginação a presença da segunda torre e nessas ocasiões costumava prometer a si mesmo e a qualquer um a finalização da reforma que haveria de acrescentar mais uma torre à sua igreja aleijada.

Ajustaram alguns detalhes, entre eles o acerto de que a contribuição seria de um terço do ganho, afinal haveria os dias de pouco movimento. Tinha-se em curso uma transição. O açougueiro haveria de se transformar em pipoqueiro.

3

Desde então, a medida do tempo correspondia ao tamanho de Ludovico. Bem alimentado e sedentário, já tinha corpanzil de boi adulto mesmo que ainda estivesse na flor da idade. Colhões preservados, a melhor técnica recomendaria que o tratássemos como touro, às favas com a precisão, o que lhe cabe melhor é ser chamado de boi, mais simples, mais simpático. Os chifres, o cupim, a barbela, a pelagem cinza-clara, todos já bem pronunciados, distinguiam Ludovico como um vistoso Nelore. Por sua vez, o pipoqueiro também ia bem. As missas até lhe rendiam boa clientela, mas, com o devido aconselhamento do padre Olímpio, logo entendeu que podia mais. Passou a fazer prontidão depois do catecismo, certamente nunca passaria despercebido pela meninada. Frequentemente, o espocar dos grãos de milho acompanhava o arremessar dos grãos de arroz. Se os casamentos eram oportunos, assim também o eram os batizados. E até as missas de sétimo dia tinham grande serventia, porque consternação e fome não são inconciliáveis.

A vida próspera atrai comemoração, e o pipoqueiro regressou ao costume havia tempos abandonado. Nas folgas, reunia-se na casa do amigo de farra, onde o barulho da música alta e dos gritos de alegria servia para espalhar algum tipo de burburinho pela plácida atmosfera da vizinhança. O que o pipoqueiro não sabia é que uma dessas ocasiões revelaria sensação estranha e não completamente inédita. Egídio, o amigo de farra, aproximou-se. Um dos braços abraçava contra o corpo várias garrafas cheias. O outro braço, compondo pose de garçom, trazia uma travessa, cujo conteúdo a princípio não podia ser visto pelo pipoqueiro.

Só mesmo bem próximo, quando Egídio estendeu a travessa ao alcance de quem quisesse se servir, é que se fez nítida exposição do conteúdo. O que se tinha ali era muito peculiar ao pipoqueiro, a coloração era predominantemente em tom róseo, apresentava-se malpassada e cortada em fatias quase inteiramente submersas pelo líquido sanguinolento que escorregava pelo fundo da travessa. O pipoqueiro fixou os olhos nos pedaços de carne, sentiu-se tonto e desmaiou.

E qual não foi o alvoroço provocado pelo pequeno cortejo em que se carregava um desacordado brutamonte até local mais apropriado. Quando o pipoqueiro já estava acomodado, Egídio apressou-se em lhe aplicar tapinhas na cara. O pipoqueiro despertou e levantou-se repentinamente para dar a impressão de que nada de muita importância havia se passado. Puro orgulho. De volta à patuscada, o pipoqueiro chamou Egídio em um canto e se pôs a revelar o que lhe apoquentava o juízo.

— Eu bem me recordo. A vertigem que hoje me atacou. Sim, eu me senti exatamente desse modo no momento em que decidi pedir minha demissão. Egídio, isso só pode levar a um caminho. Receio que agora tenho andado a sentir antipatia pelas carnes.

Depois da risada, Egídio fez chacota:

— Ora, mas que esquisitice é essa? Onde já se viu o rei dos matadouros, o dono do melhor corte destas cercanias agora começar a ter faniquitos na frente de pedaços de carne. Isso parece assunto de análise.

— Análise?

— Sim, análise. Psicologia, terapia, essas coisas que servem para estudar a mente.

Antes de rebater, o pipoqueiro franziu a testa com toda a força na intenção de transmitir seu assombro.

— Veja lá se sou homem afrescalhado de deixar meu corpo se deitar em sofá de consultório.

Ambos gargalharam. Egídio de um jeito solto e o pipoqueiro de um jeito nem tão espontâneo assim.

Fim de festa, fim de tarde. O pipoqueiro já se dava por satisfeito com a dose de recreação. Mas o dia era cheio, nele cabia ainda tanta coisa que mais parecia ter a duração de uma semana inteira. Estava quase chegando, avistou de longe uma figura feminina parada em frente à casa dele. Na ponta dos pés, ela espiava lá para dentro através das gretas do portão. O pipoqueiro encheu-se de dúvidas. Com as duas mãos forjou cobertura dos olhos contra os últimos raios de sol, o que favoreceu reconhecimento. Cabelos molestados pelo vento, magreza desengonçada coberta pelo vestidinho branco de estampa florida, "Malu Vulcão e sua xícara de néctar", pensou alto o pipoqueiro. Malu Vulcão portava uma xícara pequena e sem cerimônia pediu ao pipoqueiro o empréstimo de um punhado de açúcar. Todos sabiam que Malu Vulcão era useira e vezeira em pedir emprestado o que pudesse preencher sua xícara, às vezes açúcar, às vezes sal, às vezes algum tipo de tempero. Tinha, sim, muito gosto em pedir ou, sejamos francos e menos metafóricos, oferecer. E, mais francamente ainda, nem muito importava se a xícara voltava cheia ou vazia. Sozinho e com vida promissora, o pipoqueiro tinha se tornado alvo natural. A libido, claro, tem as suas vontades, e o pipoqueiro já havia algum tempo não lhe era obediente. Viúvo de mulher viva, cedo ou tarde o pipoqueiro haveria de prestar contas à força represada pela abstinência. Foi como se sumissem, tamanha a pressa com que entraram na casa.

As roupas, de cima e de baixo, voaram pelo quarto. Malu Vulcão foi a primeira a se jogar na cama. O pipoqueiro veio logo em seguida e meteu-se nela afoitamente. Mal pôde se acomodar e já ouvia um grito. Um pensamento instantâneo sugeriu-lhe vaidade, mas o pipoqueiro chamou a razão e se deu conta de que ainda era cedo. Além de ser fora de hora, o grito também era estridente demais para a ocasião. Sucedeu-

-se outro e mais outro e tantos outros gritos estridentes. O pipoqueiro afastou-se já perdendo o vigor. Quase por instinto, virou para trás e descobriu que seu desempenho nada tinha a ver com a causa dos gritos.

Ludovico tinha a cabeça enfiada para dentro da janela e desde o início observava tudo, atento e ruminante. Para Malu Vulcão, desinformada a respeito daquela criatura, a visão parecia uma carranca assustadora. E como não há intimidade que resista à supervisão de uma carranca, catou as roupas aos tropeços e foi embora afugentada. Para o pipoqueiro, Ludovico revelou-se grande intrometido. Primeiro, sentiu raiva pela maneira estapafúrdia com que havia perdido a chance de retornar ao mundo em que se exercita a virilidade. Inconformado, puxou com força a corda que envolvia o pescoço de Ludovico, arrastando o bicho até o meio do quintal. Depois, sentiu compaixão, assim como se sentem os pais quando impingem castigo ao filho. E mais que a compaixão, veio a compreensão.

É que Ludovico dava mostras de querer ultrapassar os limites que o cercavam. Aprendeu que a curiosidade era engrenagem da vida, quase sempre a recompensar os abelhudos com a graça da surpresa. De outra forma não teria sido apresentado ao flagrante da mais faceira das novidades. Portanto, a Ludovico socorriam justificativas para estar entediado com o confinamento do quintal. O pipoqueiro tinha acordo com sua própria consciência, segundo o qual o destino de Ludovico seria o melhor que pudesse haver. Então cobrou de si providências, coçou o queixo, refletiu e em alguns minutos achou solução.

4

Dois meninos brincam com bolinhas de gude na Praça Central de Contagem das Uvas. Um deles se prepara para fazer uma jogada simples, erra e já é a terceira vez que não acerta o alvo. Se as bolinhas estão tão próximas umas das outras, é estranho que tenha errado por três vezes. A justificativa tem a ver com distração, o menino não consegue manter a mínima concentração que possa controlar sua coordenação motora. Na verdade, não dá a mínima para o jogo, que parece servir apenas para preencher uma espera. De tempos em tempos, olha ao redor, tem a ansiedade de quem procura o que está iminente. De repente, seu braço se estica como seta indicativa, ele grita com intenção de que o outro menino também olhe. O sorriso explode na expressão dos dois. Eis que enfim está ali a imagem que queriam tanto enxergar: um homem parrudo caminha devagar enquanto puxa delicadamente a corda amarrada no pescoço de um animal de dimensões gigantescas.

Houve o tempo em que perambular pelas ruelas de Contagem das Uvas era ter a oportunidade de esbarrar com uma extravagância. Todos os dias, incluindo domingos de missa, o pipoqueiro inventava tempo para levar Ludovico ao passeio. Obrigou-se a cumprir o ritual que trazia bem-estar à outrora amuada rotina de clausura que Ludovico ia levando. As feições de Ludovico nunca admitiam muitas variáveis, a não ser aquelas construídas por movimentos contínuos da mastigação, mas ainda assim o pipoqueiro havia aprendido a decifrar uma expressão de contentamento, que vinha sempre no instante em que os dois atravessavam o portão afora para cumprir a caminhada de todos os dias. E caminhavam devagar, com passos de procissão. Ludovico dava passadas planejadas e elegantes como se estivesse acariciando o solo. Nessas horas, o tempo fluía desobediente, instaurando-se a sensação preguiçosa de quando se saboreia a delícia de algum pedaço da vida.

Para o lugar em que, passados dias, meses, anos, o panorama admitia alteração somente na diferença entre o sol que brilhava e a chuva que caía, o pipoqueiro, desde quando atravessou a cidade com o pequeno Ludovico no colo, havia se tornado arauto de coisa insólita. No caso dos passeios diários, atraiu de início alguma desconfiança. Só de início, porque depois se alastrou aquela simpatia de lugar pequeno. Nenhum dia se passava sem que a dupla andante animasse os cumprimentos de quem já conhecia o costume. Era um chapéu que se erguia, uma dica de como bem alimentar o bicho, ou então o tatibitate das velhinhas carinhosas que gostavam de animais. Mas nada se comparava à reação da criançada. De repente, irrompia gritaria aguda, o lento caminhar de Ludovico era sempre acompanhado por um séquito de meninos e meninas. Ludovico não se importava. Ao contrário, diminuía ainda mais a velocidade para se ver cercado por todas aquelas criaturas diminutas. De fato, Ludovico era tão manso que alguns moleques mais peraltas escalavam sua garupa e conseguiam viver aquele sonho infantil de flutuar por cima dos outros. E até o pipoqueiro se fazia partícipe da algazarra. Nos dias de melhor humor, gostava de erguer os meninos para que pudessem acariciar a testa crespa de Ludovico. Com o tempo, a cidade não mais se reconhecia sem a ocorrência daqueles passeios.

Assim como ventania que vai se esgueirando pelos becos e que ultrapassa qualquer cerca alta, certas notícias vagam intrépidas por toda parte. E então lá estava a foto de Ludovico estampada no jornal da cidade vizinha. Não era história que merecesse a capa, nem sequer metade de meia página, foi parar numa seção dedicada a curiosidades engraçadas, cuja escrita seguia estilo de deboche. Mesmo assim, vá lá, não há descrédito, vários humanos morrerão sem nunca ter tido algum destaque no jornal.

Mas nisso tudo também havia um lado bem menos romântico. Ludovico era diferente de seus contemporâneos, foi criado sem dias contados e por isso sua alimentação não seguia as regras funestas da engorda. Tinha o privilégio de comer para sobreviver e para se deleitar, comia de tudo, como e quando lhe convinha. Seu paladar então aprendeu a querer variações, conhecia tantas iguarias e misturava tantos sabores que o estômago e os intestinos desenvolveram habilidade de funcionamento sem igual. E somando-se a isso o sentimento de leveza tão próprio dos momentos de descontração, era já comum que, tendo as pregas relaxadas, cagasse por quase toda a trajetória de seus passeios. A depender do estado em que se encontrava o rastro de esterco, umedecido ou ressecado, era possível arriscar com alguma precisão quanto tempo havia desde quando Ludovico teria passado por ali. A incontinência, de um modo geral, não incomodava muito, afinal, se os cavalos de montaria e os cavalos de carroça, sempre tão atarefados e impacientes, espalhavam impunemente as suas sobras pela cidade, Ludovico, bonachão e amigo das crianças, certamente era merecedor da complacência quanto às suas indelicadas necessidades.

Ludovico, então, foi alçado ao centro das atenções de uma cidade sempre tão carente de atrativos. Na condição em que os olhares faziam o cerco, havia os olhos à mostra, os olhos pertencentes aos passantes, às crianças, ao povaréu em geral. Entretanto, havia também os olhos que observavam, mas que não se deixavam observar. Nessa última categoria, alguns olhos, cuja existência não estava ao alcance de ser descoberta, não traziam bons presságios. O pipoqueiro mantinha-se lépido, vivia fase serena, mas se conhecesse as intenções daqueles olhos — sempre à espreita, sempre à sombra — certamente começaria a ter preocupação.

Diferente dos olhos de mau presságio, mas também pertencente à última categoria dos olhos ocultos, havia em especial a pessoa que em boa parte do tempo se instalava na janela do terceiro andar de um prédio antigo de três andares, o mais alto de Contagem das Uvas. No lugar em que não se pensava nem se enxergava alto, é muito provável que ninguém nunca o tenha notado ali em sentinela constante. Sua posição privilegiada lhe permitia acompanhar com muito interesse os movimentos da dupla. E foi assim por período longo. Da mesma maneira que a criançada, o observador do terceiro andar era tomado por grande encantamento quando, enfim, enquadrados na visão da janela, surgiam o pipoqueiro e Ludovico dando conta de seus passeios diários.

5

Tudo sugeria um dia comum. O pipoqueiro trabalhou pela manhã, vendeu vinte e nove sacos de pipoca, estava longe da façanha correspondente aos sessenta e cinco sacos de pipoca que já havia conseguido vender em um único dia, mas ainda assim se deu por satisfeito. À tarde levou Ludovico ao passeio. Algumas horas depois estavam de volta. O pipoqueiro conduziu Ludovico até o quintal e depois entrou em casa à procura de onde pudesse descansar. Não era um cansaço tão leve assim que o sofá desconfortável pudesse resolver, escolheu mesmo a cama, jogou-se, só não cochilou imediatamente por causa do barulho que vinha do lado de fora. Aquele não seria um dia comum.

O pipoqueiro levantou-se com um salto e passou a perseguir a onda sonora vinda do bater de palmas. Aproximou-se da porta sem saber ao certo a razão pela qual se sentia tão espavorido. Cada passo era um movimento demorado e meticuloso. Passou pela porta e antes de alcançar o portão anunciou sua presença de maneira a dar fim às palmas. "Já vai!" O silêncio se restabeleceu do lado de fora. O pipoqueiro abriu o portão até se formar a fisga por onde pudesse examinar a surpresa. Ainda havia uma claridade débil que deixava à mostra o visitante. De imediato o pipoqueiro reconheceu quem era. Um arrepio lhe invadiu todo o corpo.

Lá estava ele envolto pela conhecida excentricidade. Sem ela é como se lhe faltasse uma perna ou a barriga estufada ou a cara feia. A tal excentricidade era notada sobretudo pela cartola alta. Não importavam as variações de temperatura e nem o rito da ocasião, quase nunca era visto sem a cartola, detalhe que lhe havia rendido alcunha logo promovida a sobrenome. Para Jurandir Cartola, não bastava a associação de seu nome ao matadouro, aos açougues, ao supermercado, às fazendas, aos milhares de hectares de terra e aos tantos empreendimentos que abarrotavam sua fortuna. Tal como a relação entre coroa e monarca, era indispensável o símbolo que o separasse de toda a gente. Há instrumentos que simplificam intenções. Na impossibilidade de expor permanentemente ao conhecimento de todos o colorido de montanhas de maços de dinheiro, a aristocracia se exibia no topo da cabeça. Para alguém assim, a propriedade, em seu todo ou em alguma ínfima fração, não era algo que se pudesse desrespeitar, e por isso o pipoqueiro haveria de se ver enrascado.

Jurandir Cartola e o pipoqueiro olhavam-se sem se falar e permaneceram assim por algum tempo. Sabiam exatamente o que um falaria ao outro, de modo que se naquele momento se afastassem sem nada dizer era como se tivessem já dito tudo. Mas a palavra, essa invenção tão cara ao entendimento humano, deixa as questões mais assentadas e acrescenta a elas o tipo de agravo que não se comete pelo silêncio.

— Há quem tenha visto por aí o nelore que se deixa carregar por um sujeito espadaúdo — insinuou Jurandir Cartola. — E isso tem acontecido com muita frequência. Quase todo dia alguém me dá conta da mesma situação.

O pipoqueiro não retrucou. Inicialmente postou-se apenas como espectador dos gestos de encenação teatral que emolduravam a fala afetada de Jurandir Cartola.

— Tenho para mim que esse sujeito seja louco, ou talvez um simples idiota. Não, não, ele é mesmo um maricas, que se põe a passear por aí com um nelore encorpado, tomando-o como um cachorrinho bibelô.

Jurandir Cartola gargalhou de si mesmo. A gargalhada durou até quando uma pose solene estava pronta. A seguir, agarrou o paletó pela lapela, fitou algum ponto distante e começou a falar em tom de pronunciamento.

— O povo daqui é muito interessado em dar notícia. Vieram me avisar que o nelore carrega na anca uma marca, dessas feitas a ferro e fogo na hora da nascença. Essas marcas, você sabe, têm a boa serventia de manter qualquer sujeito malandro bem avisado sobre uma coisinha fácil de perceber: o animal marcado já tem dono. Então veja você que me contaram inclusive do que se trata a tal marca. São iniciais. JC.

Jurandir Cartola fez uma pausa e agora virado em direção ao pipoqueiro acrescentou:

— Pois então o sujeito passeador não é só um louco, nem é só um idiota e nem é só um maricas. Eu não tenho nada contra loucos, idiotas e os maricas também não são de me incomodar, afinal gosto é gosto e cada um tem o seu. Mas se existe uma qualidade de gente que me deixa nos nervos é gente larápia. Homem ladrão é a escória do mundo.

O pipoqueiro já não se contentava em só ouvir, ainda mais no ponto em que a eloquência de Jurandir Cartola havia lhe atingido tão profundamente.

— Se o senhor é tão bom julgador, considere as horas extras que trabalhei sem receber, as promessas de aumento de salário que o senhor nunca cumpriu, a comida de embrulhar o estômago que eu, trabalhador da sua empresa, era obrigado a comer, a condição de trabalho que não se oferece nem às mulas de carga, a falta de plano de saúde, a falta de feriado... Não era de se espantar quando diziam que o presidente do nosso sindicato, o Peçanha, o farsante do Peçanha, era sócio escondido de um dos açougues que tinha como dono... a vossa pessoa. Se o senhor é tão bom julgador e se é de justiça que estamos falando, é certo que eu mereça uma junta de dez, quinze, vinte ou trinta animais com a anca manchada de JC. Então, com os devidos cálculos, descontos e compensações, me responda, sinceramente e com alguma honraria que o senhor há de ter, quem é, aqui entre nós dois, o verdadeiro ladrão?

Nenhuma reação perceptível. Olhando de perto, nenhuma contração das bochechas pesadas e caídas de Jurandir Cartola. Ele mantinha-se inerte, querendo transparecer desinteresse pelos argumentos do outro. Por dentro a coisa era diferente: algumas fagulhas de ira provocavam um incêndio que ardia e se alastrava no peito. Sempre esteve na posição de só bater sem levar, daí o espanto por ter recebido afronta. Chamou pelo raciocínio. Caso esbravejasse, demonstraria que o pipoqueiro, reles subordinado, tinha capacidade de lhe tirar o equilíbrio, mas se apresentasse algum tipo de condescendência, estaria na condição de reconhecer as verdades inconvenientes arremessadas contra si, o que colocaria em risco a autoridade da sua visita. Nessa corda bamba dos pensamentos algum tempo passou, durante o qual veio a se repetir a cena em que os dois se olhavam sem nada dizer. Jurandir Cartola optou então pelo jeito conciso e contundente de levar a cabo o debate.

— Tudo isso aqui é muito simples. Você tem uma coisa que me pertence e eu quero de volta. Dou o prazo generoso de dois dias para que me devolva o que tirou de mim, do seu jeito e no exato lugar em que se deu o desfalque. Peço por gentileza que não me faça cobrar os juros por eventual atraso.

Jurandir Cartola despediu-se com o protocolar "passar bem", naturalmente desejando o contrário. Só mesmo a excentricidade para explicar que tenha se lançado pessoalmente a empreendimento tão menor. Bastava delegar a tarefa a um lacaio ou então comunicar a advertência por meio de aviso escrito. Mas se o fez daquela forma é porque estava especialmente interessado em manter intacta a fama segundo a qual o estalar de seus dedos, como passe de mágica, produzia tudo, absolutamente tudo o que estivesse disposto a querer. Disso bem sabia o pipoqueiro, e por essa razão circulava em seu entorno o vento gelado do temor. Enquanto isso, engolida pela escura garganta da noite, afastava-se a figura bojuda e banhada de fidalguia exibida.

6

No prédio de maior estatura da cidade, lá no terceiro e último andar da joia do progresso local, alguém continua a observar com detida atenção a passagem do pipoqueiro, atrás de quem em seguida logo desponta a companhia de Ludovico.

Não, Ludovico não foi devolvido. Aquilo de dar continuidade aos passeios constituía exercício de desobediência. Não era um nem eram dois os dias que se passaram desde que o pipoqueiro e Jurandir Cartola estiveram cara a cara. O encontro já completava aniversário de uma semana, e por isso o prazo não só havia se esgotado como também havia se tornado remoto. Assim, deixando vencido o prazo sem acatar a exigência de Jurandir Cartola, o pipoqueiro, querendo ou não, fazia declaração de guerra.

Não que houvesse desdém. O pipoqueiro mantinha-se firme no propósito de dar boa vida a Ludovico, mas não estava descansado quanto à condição de ser parte mais fraca da batalha. Em sua defesa é preciso dizer que não foi omisso. Precavendo-se à sua maneira, providenciou jeito de Ludovico ficar sempre à vista. Para onde quer que fosse, passou a levá-lo consigo, de modo a deixá-lo a seu alcance inclusive durante as horas de trabalho. Antes de preparar e vender as pipocas, amarrava-o a uma árvore próxima para onde de tempo em tempo direcionava vigilância. A popularidade de Ludovico também ajudava a preservar proteção. Por ali se acumulava a permanente presença das crianças interessadas em interagir com a criatura de modos simpáticos. Não seria mesmo boa ideia operar resgate de animal tão grande com a circulação de crianças por perto.

De precaução em precaução, o pipoqueiro já chegava ao ponto de atrair neurose. Em sua volta aglomeravam muitos medos. Tinha preocupação de que lhe arrombassem a casa e sumissem com o bicho de lá. Durante o percurso da caminhada diária, apertava firme a corda que o ligava a Ludovico, assim como se estivesse carregando uma bexiga que o vento brusco pudesse levar para longe. Assustava-se com a aproximação de desconhecidos e atormentava-se com a ideia de ser atacado a qualquer momento. Não dormia direito desde o dia em que o prazo havia vencido. Acordava afobado a cada pio de ave inofensiva ou a cada gota de torneira desregulada. A ameaça, o susto, a alucinação pairavam por todos os lados. Jurandir Cartola até então não havia retirado Ludovico do pipoqueiro, mas havia sido eficiente em arrancar dele a paz.

Era ocasião em que o pipoqueiro voltava do trabalho em companhia de seu inseparável escudado. Uma vizinha de idade nas alturas intrometeu-se no caminho dos dois. Mão estendida para a frente, exibia uma carta destinada ao pipoqueiro. Concentrado nas questões que o transformaram em pessoa tão arredia, o pipoqueiro pegou a carta sem agradecer. A vizinha não fez caso. Com satisfação e sem cerimônia, tratou de adiantar o assunto.

— Parece que é da prefeitura. Querem que vá até lá.

Era assim mesmo. A vizinha gostava de recolher as cartas depositadas nas casas da vizinhança e depois entregá-las pessoalmente ao respectivo destinatário. Muitas vezes interceptava os carteiros e os convencia de que podia finalizar o trabalho. Bastou mostrar eficiência e os carteiros logo perceberam maneira de encurtar o esforço de cada dia. A vizinha abria a maioria das cartas, poupando apenas aquelas que podiam trazer abordagem de amor ou desamor, não porque tivesse a noção de estar invadindo a privacidade dos outros em seu mais alto grau, é que as achava chatas, melosas, piegas ou, como já se disse, ridículas.

O pipoqueiro fez cara feia, era seu jeito nada refinado de aplicar pedagogia quanto ao mau costume da vizinha, sempre dada a devassar suas correspondências. A vizinha espichou os olhos à procura de informações mais detalhadas.

— Não vai ler o restante?

O pipoqueiro intensificou a careta de raiva. A vizinha sorriu o sorriso de quem praticou mais uma travessura, deixando à mostra a exiguidade da sua dentição. Não fazia por mal e pode ser que na cabeça dela adiantar notícia fosse um favor ou a única missão que podia ainda desempenhar. Talvez nem entendesse por que alguém podia censurá-la.

Engana-se quem negue que em relação à mensageira banguela não haja espaço para uma metáfora. Aqui está ela: a vizinha tinha uma carta na manga. E isso é quase literal, na medida em que ela guardava escondida outra carta que deixou para entregar separadamente e com ares de suspense. O pipoqueiro pegou a carta e estranhou o fato de que a vizinha a tenha deixado intacta. Com algum tipo de sensação do dever cumprido, a vizinha partiu em contentamento, não sem antes acariciar a pelagem que cobria as costelas de Ludovico.

Já em casa, o pipoqueiro lia, relia e já sabia de cor o que dizia a pequena notificação de comparecimento à prefeitura. Tentava entender a razão pela qual foram fixados dia e horário para o encontro com a pessoa do prefeito. Mas se ocupar tanto daquela leitura curta e rasa não era maneira de tornar assimilável o encontro com o grande chefe municipal. Dando conta da carta aberta, adiava ao máximo o momento de lidar com o conteúdo da carta fechada. Depois de longo tempo, largou a notificação da prefeitura e finalmente passou a se dedicar ao objeto que o perturbava. Conferiu mais uma vez o espaço dedicado ao remetente, o que lhe provocou a reação de apertar firme a correspondência contra o peito. O pipoqueiro flagrou-se numa cena muito constrangedora e então, para dar satisfação a si mesmo, jogou a carta ao chão tal como quem sofre um choque elétrico. Atabalhoado, recolheu a carta com ideia de amassá-la ou rasgá-la em pedaços muito pequenos, de maneira a impedir sua reconstrução em caso de arrependimento. Não conseguiu. Aquela carta exercia poder sobre o pipoqueiro, destruí-la era atitude que o juízo não recomendava.

Passou a andar em círculos, agora com disposição de abrir a carta. Fez menção de rasgar o envelope, hesitou, hesitou mais uma vez, cansou-se de tamanha hesitação. E então abriu com força uma gaveta emperrada, em cuja bagunça deu sumiço à correspondência ainda intacta. Fechou a gaveta e retornou ao curso da rotina.

7

Irrompe no ambiente um bocejo duradouro que se inicia lentamente, arrasta-se pelo meio e chega suave ao fim. Tecnicamente perfeito: parábola com concavidade para baixo, em cujo vértice se faz ouvir um gemido grave de tédio. Por trás da mesinha que abriga pilhas de pastas e papéis, o dono da boca escancarada olha para o relógio redondo pendurado na parede e faz uma reclamação. Os ponteiros parecem estar travados, ali o tempo é diferente.

Contudo, nem sempre a pasmaceira é invencível. O homem outrora entediado agora se levanta com entusiasmo para conferir de perto o que se passa na porta ampla pela qual se vê grande parte da paisagem lá fora. Quem se aproxima tem nos braços a protuberância dos músculos treinados pela lida. Sua altura é acima da média, mas ela perde real dimensão quando o que vem vindo atrás é uma criatura imensa, ruminante e que carrega suas duas dezenas de arrobas. Uma multidão barulhenta de crianças faz a escolha da dupla que agora está estacionada bem à frente da entrada principal de um antigo casarão promovido a funcionar como repartição pública. Dizem que, com o mínimo de esforço e alguma concentração, é possível ouvir o zumbido das moscas que traçam voo lá dentro. O casarão talvez fosse mais movimentado nos tempos em que servia de lar para duas solteironas que compunham a nobreza local.

O pipoqueiro amarrou bem forte Ludovico ao mastro da bandeira encardida de Contagem das Uvas. Às crianças, orientou que gritassem caso alguém tentasse carregar Ludovico dali. Em seguida, entrou na prefeitura e deu de cara com o homem da boca que havia pouco estava às escancaras. Ressabiado, o pipoqueiro entregou a notificação em busca de algum rumo. O funcionário pediu que aguardasse um minuto e sumiu de vista. Imediatamente o pipoqueiro puxou pela memória e reencontrou o tempo de criança em que ao passar em frente à prefeitura imaginava como seria o seu interior. E a imaginação não era econômica. Na sua concepção infantil, o interior da prefeitura guardava o cenário das amplas acomodações de um castelo, com trono, rei, rainha e trombetas. Comparou o real do presente com o imaginário do passado e riu sarcasticamente. Ali e então, a única coisa que remetia a um castelo era o bobo da corte, vestido com suas melhores roupas e esquecido por tanto tempo à espera de orientação. "Por que por aqui as pessoas não cumprem a palavra?", pensou o pipoqueiro ao considerar a hipótese de se mandar.

O minuto prometido já havia se multiplicado por trinta quando o funcionário solicitou que o pipoqueiro o acompanhasse. O casarão era uma espécie de sobrado e os dois se dirigiram para o andar de cima. A escada de madeira desgastada produzia uma sinfonia de rangidos conforme os quatro pés escalavam os degraus sobre os quais se estendia um tapete desbotado que algum dia teria sido escarlate e agora tendia para o rosa esbranquiçado. Atravessaram um pequeno corredor, ao longo do qual as paredes exibiam vários quadros mais ou menos equidistantes. Cada um deles aprisionava rostos paralisados para sempre. Eram rostos cujos donos, em sua maior parte, já estavam deitados sob a terra. Somente um dos retratos era colorido. Não se sabe se esse traço de evolução pictórica era melhor ou pior, tendo em vista o incômodo ou, se formos um pouco mais desrespeitosos, a repulsa provocada pela amarelidão intensa que coloria os dentes do então vigente prefeito Nicodemos Bermudes. E então a última porta do corredor se abriu, revelando ao funcionário e ao pipoqueiro a materialização do sorriso amarelo.

O prefeito Nicodemos Bermudes tinha a testa alongada e marcada com extensos riscos de expressão. Seus cabelos grisalhos eram fartos só a partir do topo da cabeça, o que caracterizava uma estranha calvície parcial. Os olhos pequenos se movimentavam intensamente, rastreando todos os detalhes em volta. Murchos como tomate seco, os lábios eram cercados por uma barba rala e falhada em alguns pontos. As orelhas de abano e o nariz adunco completavam a composição da fisionomia para a qual o pipoqueiro olhava apreensivo. Com um aceno, que tanto poderia significar agradecimento ou dispensa, o prefeito fez o funcionário se retirar. Em seguida, virou-se em direção ao pipoqueiro e quando o convidou para entrar no gabinete irradiou-se pelo corredor uma voz grave e bem articulada.

O pipoqueiro entrou com jeito de peixe fora d'água. Olhou sem querer para uma mesa desocupada. O prefeito sentiu necessidade de explicar que aquela era a mesa de sua secretária, temporariamente afastada por recomendações médicas. Sofria de fadiga. O prefeito ofereceu água, café, biscoito. Parecendo prever a recusa, fez o oferecimento sem intervalo entre as opções e de maneira tão rápida que não haveria tempo de que o pipoqueiro sequer manifestasse aceite. Sobre a mesa do prefeito havia uma caixa de charutos, os quais não foram incluídos no cardápio de ofertas. Nicodemos Bermudes preparou gentilmente uma cadeira e convidou o pipoqueiro a se sentar. Deu gosto de ver. Bonita, muito bonita a cena em que o governante era servidor de um contribuinte. Depois, o prefeito rodeou a mesa e se acomodou na cadeira de encosto comprido. Agora os dois estavam frente a frente, separados apenas pela mesa. Num rompante, a cara do prefeito se contorceu em variadas caretas, os dentes mastigando o nada, a boca mordendo o vento. Ainda que o prefeito tentasse evitar, o cacoete se demorou. O pipoqueiro remexeu-se de incômodo com o que julgava ser esquisitice de gente grã-fina. Enfim, era a vez de se iniciarem as tratativas ainda completamente desconhecidas pelo pipoqueiro. No breve silêncio que se deu antes de tudo ser explicado, o pipoqueiro, levado a notar mais detidamente a fisionomia que estava defronte dele, enxergou uma atmosfera de azedume e intuiu que o prefeito tinha aprisionado dentro de si o mau hálito que estava prestes a fugir a qualquer momento. Foi o que se confirmou tão logo as palavras começaram a brotar dos lábios ressequidos. O pipoqueiro jamais havia experimentado o exalar de odor tão nauseante, e isso nem mesmo nos tempos em que estava habituado a lidar com as misturas viscosas e sangrentas que escapuliam de dentro dos corpos que ele sabia tão bem extirpar. Dissimulou alguma posição desconfortável, afastando a cadeira para trás e procurou diminuir o ritmo da respiração, passando a capturar econômicas porções do ar. Essas eram as providências para suportar a duração da conversa que já seguia seu curso.

— É um desmedido prazer receber pessoa tão popular. O povo de Contagem das Uvas sabe reconhecer a originalidade de um personagem folclórico. Reconheço que você e o seu... — o prefeito silenciou-se enquanto procurava a melhor palavra. — ... o seu mascote. Você e o seu mascote têm proporcionado momentos lúdicos para crianças, adultos e idosos desta nossa querida cidade.

Para o pipoqueiro, aquele tom de eloquência era caminho que não dava em lugar algum. Neste momento da narrativa, mais uma vez é importante resistir às frases feitas, como aquela que qualifica determinada conversa como sendo a que é para boi dormir. O fato é que o prefeito, graduado animal político que era, sempre se via obrigado a inaugurar suas falas com algum tipo de discurso. Passada a etapa de introdução, suas intenções começaram a se aclarar.

— ... Porém, como prefeito, como administrador máximo deste município, eu preciso estar atento às questões de ordem pública. Ao mesmo tempo que o seu mascote é causador de grande alegria às crianças, não podemos deixar de considerar os riscos existentes entre a relação de um animal de grande porte com um infante de frágil constituição. Já imaginou uma criança sendo atropelada por pernas tão robustas ou então uma criança caindo de garupa tão alta? Deus nos livre disso.

O pipoqueiro se apressou em apresentar defesa:

— Senhor prefeito, quanto a isso não precisa se preocupar. Ludovico é manso feito pombo. Além do mais, estou sempre atento e preparado para afastar qualquer perigo que se aproxime do nosso redor.

Apesar de não ter interrompido o pipoqueiro, Nicodemos Bermudes prosseguiu a fala como se não tivesse ouvido nada do que dissera seu interlocutor.

— Outra questão é de suma importância. Você por acaso conhece Guido Lustosa? O incomparável Guido Lustosa?

O pipoqueiro se viu surpreendido e antes que pudesse pensar em algum esboço de resposta, o prefeito já cuidava da revelação.

— Guido Lustosa é o maior artista contemporâneo do país. Aprimorou sua técnica no exterior, fez sucesso por lá e agora está de volta.

Para disfarçar o estado de confusão, o pipoqueiro ensaiou um balançar de cabeça. Já o prefeito queria aperfeiçoar a explicação. Apressou-se em folhear um livro, fazendo festa ao se deparar com a página certa.

— Repare o que diz isto aqui: "A lei permite a contratação direta de profissional do setor artístico, desde que consagrado pela crítica especializada ou pela opinião pública". — Em seguida, fechou o livro e prosseguiu: — Pois então veja como nossa administração é arrojada e inovadora. Contratamos Guido Lustosa para pintar uma tela gigantesca. Assim que ela estiver pronta, será trazida para Contagem das Uvas e fixada no igualmente enorme portal que está sendo construído na entrada do município. Todas as cidades vizinhas vão se encher de inveja do Pórtico Amadeu Bermudes, que também servirá de homenagem ao maior prefeito, ao maior deputado que já passou por estas terras e que tantas coisas me ensinou. Que Deus tenha meu pai em bom lugar. Enfim, teremos o mais bonito portal que já existiu. O povo da nossa Contagem das Uvas merece receber um presente de tamanha envergadura.

O pipoqueiro tentava assimilar o que aquela explanação sobre a admirável, engenhosa, ousada e superlativa façanha empreendida pelo prefeito haveria de tangenciar com o caso que lhe dizia respeito. Enquanto isso, Nicodemos Bermudes pedia licença, alçava um de seus charutos e se levantava. Ao se levantar, fez escapar pelos poros da blusa larga e dobrada na altura do antebraço o afluxo de fedor de suor que obrigou o pipoqueiro a aprimorar ainda mais a técnica de respiração sob condições desfavoráveis. Nicodemos Bermudes acessou uma pequena varanda que tinha vista para parte da Praça Central, acendeu o charuto e soltou baforadas ritmadas. Percorreu o trecho de retorno à sua cadeira tal qual a locomotiva que deixa para trás grandes anéis de fumaça, assim fazendo somar ao ambiente mais uma qualidade de cheiro. O pipoqueiro, cuja respiração naquela altura quase lhe faltava, voltou a atenção ao restante do que Nicodemos Bermudes tinha a dizer. Antes de retomar a fala, o prefeito atochou no cinzeiro mais da metade do charuto incandescente.

— O tema, conforme reza o contrato, será de escolha de Guido Lustosa. Mas, também conforme o contrato, deverá se ater às encantadoras características do nosso município. Os artistas têm lá seus caprichos: Guido exigiu que sua obra fosse mantida em segredo até o dia da inauguração do portal. Isso porque não admite qualquer interferência durante seu trabalho de criação. Sim, claro, ele tem razão, mas já não me aguento de curiosidade. O que servirá de inspiração para a genialidade de Guido Lustosa? Nossas cachoeiras? A fachada da Igreja Matriz? O coreto da Praça Central? Saberemos, todos nós, na inauguração do Pórtico Amadeus Bermudes, quando então a tela, de dimensões colossais, será enfim descortinada na maior festa vista por estas bandas, para o deleite do povo de Contagem das Uvas.

Enquanto falava, Nicodemos Bermudes fitava o alto. Entupido de orgulho, mirava o vazio com os olhos cheios de brilho, imaginando uma espécie de missão gloriosa a cumprir. Enfim, cada administrador com a missão que lhe pareça bastar. Quando se deu conta de sua postura lunática, recompôs-se assim como se tivesse regressado de um transe, voltou a olhar diretamente para o pipoqueiro e direcionou a conversa para o desenlace.

— E o que tudo isso tem a ver com você e o seu mascote? Bem, Guido Lustosa está na cidade durante algum tempo para examinar o que lhe sirva de inspiração. É notório que o seu mascote, o Ludovico, tem algum tipo de, como eu poderia dizer, algum tipo de incontinência intestinal. Seria muito constrangedor se nossa visita ilustre tivesse que se deparar a cada esquina com os dejetos que Ludovico costuma espalhar por aí...

O pipoqueiro tinha muitos lapsos de ingenuidade. Julgando ser o tipo de questão que se resolve com solução simples, antecipou-se ao resto do que o prefeito ainda tinha para falar e argumentou:

— Também isso não chega a ser problema. Ludovico é necessitado de passeios. Fica amuado se não os tem. Mas bem posso providenciar mudança do nosso roteiro para fora da cidade, em lugar mais ermo.

Ao que tudo indicava, o prefeito já havia planejado suas intenções em linha reta, sem admissão de curvas nem paradas, e por isso foi fato repetido ter deixado os argumentos do pipoqueiro ficarem perdidos no ar.

— Creio que estamos aqui a cometer uma grave injustiça. Falamos de Ludovico sem considerar o que ele teria a dizer caso tivesse meios para se comunicar e expor suas vontades. Gosto muito de animais, sou devoto de são Francisco de Assis e tenho especial preocupação em relação às circunstâncias em que um bicho tão grande tem se acomodado em espaço tão estreito. Veja bem, fui eleito para encontrar resoluções e cá com meus pensamentos elaborei uma saída que cairá bem para mim, para você e para Ludovico. Distante daqui, o município dispõe de uma área de terra de tamanho considerável para onde são levados os animais de propriedade desconhecida que perambulam perdidos pela cidade. Lá também estão os animais que de alguma forma serviram à nossa comunidade, seja puxando carroças de lixo e entulho, seja fornecendo leite para as escolas, e agora desfrutam a merecida aposentadoria. Trata-se de terreno verde e livre para acolher quantas cagadas lhe forem despejadas. Veja então se esse não seria um ambiente propício para se instalar o animal. Não seria uma boa decisão? Claro, depois de tanto tempo de convivência, é natural que a relação entre vocês dois tenha se estreitado, de maneira que estaria garantido, e aqui dou minha palavra de chefe da administração municipal, que você poderá visitar seu mascote quando e como assim o desejar.

Agora sim um e um formavam dois. Já não era preciso maior contorcionismo intelectual para entender a disposição do prefeito em fazer de Ludovico um animal exilado. Ciente disso e no calor que as percepções imediatas costumam provocar, o pipoqueiro por pouco não se levantou em protesto, por pouco não desempenhou pirraça para se insurgir contra aquela persuasão que pretendia separá-lo de Ludovico. E se assim não o fez, como dito, por pouco, muito pouco, é porque a habilidade retórica de Nicodemos Bermudes emendou argumento capaz de conter o ímpeto do pipoqueiro e manter-lhe domada a concentração.

— Portanto, mais do que qualquer outra coisa, é preciso pensar no bem de Ludovico. Ora, e é por isso que também não podemos nos esquecer dos aspectos de natureza instintiva, daquele vigor voluptuoso que os animais carregam consigo. Sabemos como funciona. Eu e você somos homens e antes de tudo também somos animais, um pouco mais racionais certamente, mas nem por isso estamos isentos de sermos arrastados por essa força da natureza rumo ao mundo encantado em que os sentidos se afrouxam e o desejo se lambuza. Ludovico é um macho, e como tal precisa atender aos reclames da procriação. Do jeito que está, afastado de outros da sua espécie, principalmente do quinhão de fêmeas, é impossível que lhe seja satisfeito o desejo. Não acha injusto lhe tolher o dom que é poder explorar a fundo as vaquinhas? Já se imaginou numa situação dessas? Ter tanta sede e estar afastado do ribeirão, se é que você me compreende...

Apelar para a saliência foi uma boa tática. Desde sempre é assunto que aguça interesse, não se harmoniza com a indiferença. Entretanto, mais até do que a abordagem sobre a sensualidade animalesca, o que mais impressionou o pipoqueiro foi uma frase reproduzida logo ali na abertura da fala do prefeito: "é preciso pensar no bem de Ludovico". Sem dúvida, a tal frase é de uma singeleza que a reduz ao clichê sem importância, mas ainda assim acertou em cheio algum ponto sensível do pipoqueiro, trazendo lume à sua reflexão. Pensar no bem de Ludovico era imaginá-lo fora das vistas de Jurandir Cartola. Nesse aspecto, podia ser que a remessa de Ludovico aos confins da cidade viesse mesmo a calhar, afinal, em termos de sobreviver à captura iminente, mais valia o refúgio do que o endereço certo. Sim, ali estavam bons ventos oferecendo de mão beijada a saída de um labirinto até então inescapável. Devagar, o pipoqueiro começou a entender que recusar a boa providência do destino era deixar crescer o tipo de egoísmo em que o apego ao bicho vinha na dianteira da segurança que a ele deveria ser garantida. Instauraram-se duas ações paralelas. O prefeito continuava a desenvolver a fala enquanto o pipoqueiro ponderava e nesta altura já não tinha ouvidos. As coisas que orbitavam a mente do pipoqueiro tinham a ver com afastar Ludovico do perigo, solicitar ao prefeito sigilo no transcorrer da operação, providenciar visitas frequentes para monitoramento e para exercício do afeto. Pronto, assim se pensava no bem de Ludovico.

A partir do que se passou no gabinete do prefeito Nicodemos Bermudes, alguém interessado em desenvolver o manual do bom induzimento poderia asseverar em suas anotações que forjar o ato de convencer não é tarefa curta como a imposição. Requer exposição da causa com habilidade e paciência. Ao mesmo tempo, não é recomendável prolongar tanto a argumentação, sob pena de enfastiar a quem se quer persuadir ou, pior, de transparecer desespero de que seja aceito a qualquer custo o que se propõe. Assim, caso não surta efeito de imediato, a propaganda da proposta deve ter como limite a instalação da dúvida, ocasião em que se terá quase todo caminho trilhado. Como parâmetro para o manual, que é imaginário mas nem por isso despossuído de fidedignidade, o prefeito sabia que não deveria avançar para além do momento em que enxergou na expressão do pipoqueiro uma grande indecisão. E assim os argumentos de Nicodemos Bermudes tiveram como fecho uma promessa:

— Toda logística ficaria por conta da prefeitura.

O pipoqueiro não disse sim nem não. A possibilidade de acerto foi empurrada para depois, e assim o encontro terminou com pontuação de reticência. Houve um aperto de mão e o pipoqueiro sentiu a palma da mão do prefeito coberta por uma camada de umidade ligeiramente arenosa.

Já do lado de fora, no corredor, o pipoqueiro passou pela pessoa que trazia com todo cuidado aquilo que deveria ser o almoço do prefeito. Num prato, jazia o portentoso sanduíche de bife acebolado na companhia de alguns potes dos quais derramavam condimentos de cores vivas. O pipoqueiro reconheceu a natureza do alimento e foi o bastante para ter sido assaltado pelo mal-estar que o empurrou cambaleante contra a parede. Um dos quadros balançou. Por pouco o pipoqueiro não causou a trágica ocorrência em que um dos baluartes da política municipal fosse deposto do lugar ocupado havia tempos na galeria de semblantes imponentes; mas quis a sorte, ou a firmeza de um prego bem embutido, que a queda não ocorresse. Em instantes o pipoqueiro recobrou a normalidade dos sentidos, retirando-se em momento oportuno. Havia ardência naqueles temperos, seria complicada a digestão das fibras da carne, que estavam na iminência de serem dilaceradas pelos dentes amarelados do prefeito. A julgar pela mistura de todos esses ingredientes em um só organismo e considerando o esforço imposto ao estômago e aos intestinos sobrecarregados com o trabalho a todo vapor, o que estava para acontecer se assemelhava à explosão de caldeira entupida. As narinas já combalidas do pipoqueiro se livraram de experimentar o pior de todos os cheiros produzidos lá dentro do gabinete do prefeito Nicodemos Bermudes.

8

A impetuosidade não se mede de uma vez. Todo impetuoso é medroso em alguma medida. E vice-versa. O pipoqueiro não quis sentar no acento ao lado do motorista do caminhão. Tinha receio das forças sentimentais que pudessem escapar de si. Seria inconcebível o flagrante de uma lágrima fugidia. Também teve receio de se arrepender e por isso virou o rosto para não memorizar o momento em que o caminhão da prefeitura desaparecia da paisagem ao contornar uma curva. Caso mantivesse a permanência do olhar, teria visto que de dentro da carroceria Ludovico buscava o contato que ia se diluindo. E também ruminava.

Foi acometido pelo aperto do nó na garganta, tratou de pensar em outra coisa que expulsasse a sensação, olhou para cima e para os lados à procura de motivos com os quais pudesse se ocupar. Algumas crianças se dispersavam, fazia calor, havia gente, havia flores por perto. Venceu a si próprio e à custa de grande resistência travou o choro. Supunha sobre como ficaria o estado de ânimo de Ludovico. Debateu com seus botões e concluiu que melhor não haveria de estar, levando em conta a nova rotina em que lhe seria permitido vagar por grandes perímetros de terras verdejantes. A amplitude do pasto também garantiria distração contínua para suas mandíbulas e na hora do descarte nunca seria vítima da fiscalização ou da repressão dos que se incomodavam a respeito do desembaraço com que ele cagava em abundância pelos pontos mais esparsos da cidade. Por fim, tinha em mente que Ludovico a partir de então estaria entre os seus, e a ele comprazeria atender aos chamados irrecusáveis da procriação. Eram motivos repassados no pensamento muitas vezes ao dia. O pipoqueiro precisava manter-se convencido sobre a correção do que havia feito.

Ele alargou o pensamento e imaginou a satisfação do prefeito quando se deparasse com a higidez das vias que em breve teriam a honra de sustentar os insignes pés de Guido Lustosa. De todos os envolvidos na questão, o pipoqueiro via-se como o único a não desfrutar vantagem. Nada de promissor lhe esperava à frente. Sentiu, então, uma força brutal montando cerco por todos os flancos. Essa força, mais comumente chamada solidão, fez surgir a pergunta das horas de angústia: o que restaria? Ao pipoqueiro restaria uma carta.

Quase derrubou a gaveta quando a abriu com um puxão desastrado, a pressa não permitia procura feita com ordem e paciência. Enfim, os objetos atirados pelos ares abriram espaço para a aparição do envelope de superfície amarrotada. Dessa vez o pipoqueiro não esperou o pensamento titubear e com ímpeto avançou contra a fragilidade do papel. Foi um confronto desproporcional. O envelope estava em frangalhos, mas a condição de estar vilipendiado, rasgado, triturado, ali à beira da desintegração no interior de uma lixeira qualquer, não lhe retira de todo a utilidade para esta narrativa. No espaço reservado à indicação do remetente havia um nome escrito à mão. Mesmo com o prejuízo dos rasgos e das deformidades do papel amassado, a caligrafia se fazia entender.

Ninguém a chamava de Ana Beatriz, que era o nome de batismo. Nesse caso, o nome original era suplantado pelo apelido. Se gritassem por Ana Bia, certamente seu pescoço viraria atento e instantaneamente. Mas se o grito se referisse a Ana Beatriz, pode ser que não se desse conta que era consigo, ou pelo menos demoraria instante a mais para perceber que aquilo tinha a ver com ela. Depois que a intimidade se estreitou, o pipoqueiro pretendeu se apropriar de alguma nomenclatura de uso restrito, daquelas que os casais inventam para reforçar carinho. Reduziu o já reduzido, e o que era Ana Bia passou a ser Anabi. Pois aí está exatamente a forma como, agora entre rasgos, a caligrafia estampada no envelope anunciava o remetente. Há aqui um desafio aos perspicazes. Nem Ana Beatriz, nem Ana Bia. A escolha ter recaído sobre a alcunha só pronunciada pelo pipoqueiro era por demais significativa. Mas o pipoqueiro estava desnorteado. Tinha posse do objeto que lhe revirava os sentimentos, sendo muita exigência esperar que se ocupasse de detalhes escondidos nas entrelinhas.

Envelope e carta, antes continente e conteúdo, estavam agora separados e em situações opostas. Deixando de lado o destroçado envelope, do qual já se extraíram informações de razoável importância, é chegada a hora de tratar da carta em si, o papel desnudo, intacto, dobrado em duas etapas e meta para qual se dirigiam os olhos ansiosos do pipoqueiro. Neste ponto será cometida uma deselegância, o que, é de se reconhecer, a muitos soará como eufemismo para verdadeiro ato de bisbilhotice. Tomemos a posição de lançar visão sobre os ombros do pipoqueiro. Temos acesso ao que está escrito na carta e basta então que, assim como ele atentamente já o faz, procedamos à leitura do conteúdo. Sim, devassar a privacidade dessa maneira é indelicado, e indelicadeza talvez seja outro eufemismo. Mas uma atenuante vem em socorro: tudo em prol do fluxo narrativo.

Já se avoluma uma pilha de rascunhos e eu não consigo escrever direito o que pretendo expressar. Portanto, perdoe-me a imprecisão das palavras, a confusão do texto, o tropeço das ideias.

Não sei identificar quando exatamente aconteceu. O fato é que passei a sentir um incômodo, que ao longo do tempo se expandiu e se tornou desespero. Não me sentia bem, não era feliz, e seria injusto que me tivesse ao lado desse jeito. Você tantas e tantas vezes me perguntou por que, e eu não sabia a resposta. Por isso parti. Apenas parti.

55

Até aqui não há novidade. A novidade é que agora sou capaz de responder aos seus porquês. Às vezes, ao olharmos o problema de muito perto não o enxergamos tão bem quanto se estivéssemos em maior distância. Aqui, longe, descobri aos poucos que meu organismo não foi feito para a digestão de carnes. Se antes era dada a comê-las muito normalmente, era pelo costume que nunca contestei. Hoje, elas me provocam desinteresse, antipatia e até enjoo. E assim me tornei uma vegetariana.

Tudo isso me leva a pensar que ainda quando estávamos juntos, essa rejeição, mesmo inconsciente, já se manifestava dentro de mim. Não pode ser por outro motivo que algo estranho acontecia quando via seu macacão manchado de vermelho e quando sentia o cheiro de sangue espalhado pela casa. Isso me fazia sufocar. Agora estou certa de que a razão do meu afastamento não se refere especificamente a tua pessoa, mas sim a teu ofício, contra o qual não posso me opor. É digno como qualquer outro.

Vou contar o que me ajudou a esclarecer os pensamentos. Certo dia me deparei com uma reportagem de jornal. Nela era exibida uma foto. Lá estava você e um bovino. Uma de suas mãos estava encostada no pescoço dele. Fosse um vídeo, e não uma fotografia, daria para vê-lo acariciando aquele bovino repetidamente. Fiquei comovida ao ler que você tenha escolhido para o animal o nome de Ludovico. Recortei a fotografia para observá-la melhor e concluí que você também deve ter passado por algum tipo de transformação, afinal, tendo em vista o afeto transmitido pelo jeito como você o olhava, é impossível que consiga prosseguir com a matança de animais iguais a ele. Se aconteceu comigo, de repente pode ter acontecido com você. Tenho a esperança de que também tenha passado a evitar as carnes e, quiçá, se não for sonhar demais, tenha se tornado um vegetariano.

Bem, o que escrevo aqui tem uma simples pretensão. Desde que vi a fotografia do jornal, desejo muito recomeçar e gostaria que me aceitasse de volta. Por favor, me envie uma resposta, nem que seja para recusar a ideia. Com carinho, Anabi.

O pipoqueiro soltou a carta contra a frágil resistência do ar. Com movimento de pêndulo, ela foi de um lado a outro antes de pousar em definitivo no chão. Um sorriso se alargou muito amplamente. Há de se evitar a ilusão de achar que era uma reação colorida. Nem todos os sorrisos são puros. Os humanos são mesmo aqueles seres que têm a pureza do coração escondida entre camadas espessas de desajuste. O motivo do sorriso era propriamente a restituição do orgulho. A sensação do pipoqueiro era a de alguém que virou o jogo. Antes por baixo e depois por cima. Chegou a satisfazer-se por se sentir vingado. Agora manipulava o poder de decisão sobre o destino de quem o abandonou. Mas não era de todo um desperdício de encanto. A menção à fotografia de jornal fez o pipoqueiro saber que também tinha inclinação para a saudade. Ludovico fazia falta. O pipoqueiro recolheu a carta com propósito de revisão. Assim como os desenhos das nuvens que se deformam rapidamente, as palavras já escapavam da memória, e havia necessidade de fixar a precisão dos termos. Um trecho da carta, que da primeira vez havia sido lida vagamente, quase com displicência, agora o fez frear os olhos. Em seguida, conferiu o cenário ao redor. Reparou a fruteira repleta de bananas, abacaxis, laranjas e melancia. Via por ali inúmeros sacos de milho. Foi até a cozinha e lá havia restos de macarrão no prato sobre a pia. Encontrou num canto a sobra de legumes sortidos. Na pequena despensa, batatas e pedaços de mandioca dividiam espaço. De toda comida estocada e da que vinha sendo consumida, as carnes eram elemento ausente. Sejam vermelhas ou brancas, sejam lá de que bicho poderiam ter sido extraídas, elas estavam excluídas daquela casa havia algum tempo. Aconteceu aos poucos. Não foi mesmo de caso pensado. O pipoqueiro se surpreendeu ao se situar na condição de haver se tornado um vegetariano.

9

O vegetariano queria restabelecer a rotina já no dia posterior àquele em que se deram a partida de Ludovico e a leitura da carta. "Lá vem o língua trepidante", pensou alto enquanto esquentava o milho. Com as botas arrastando no chão, Anacleto se aproximava com andar de garoto traquinas. Os dois se olharam por um tempo como cães próximos de se engalfinhar, mas a iminência do combate era só trovoada sem chuva. Anacleto trazia espírito jocoso, e uma risada repentina anunciou aproximação pacífica. O vegetariano então desarmou a pose aguerrida e puxou assunto.

— Se está perambulando por estas bandas, faça algo de útil para seu estômago e para o meu bolso.

Anacleto apalpou-se à cata de moedas. Achou algumas e barganhou o preço. Depois, sem pudores de estar mastigando um punhado de pipocas, perguntou se o vegetariano sabia das novidades a respeito de Malu Vulcão. O vegetariano, que antes apenas contava os minutos para ver Anacleto pelas costas, eriçou-se de susto e passou a cobrar a prestação da notícia, se fosse preciso puxaria Anacleto pelo braço para evitar sua retirada. Decerto, Malu Vulcão era assunto que passava longe do descaso. Claro, Anacleto não se furtou à prática do que fazia com mais desenvoltura.

— Então não sabe que Malu Vulcão tem andado por aí com uma lista de nomes, e que cada um deles corresponde ao suspeito de ser coautor da gravidez que carrega?

De tão extravagantes, algumas informações são capazes de prejudicar o tino, motivando as mais abobalhadas atitudes, como foi o caso da pergunta que o vegetariano formulou de relance.

— E a lista é grande?

— A lista é grande, é grande de fazer rolos no chão.

O vegetariano expulsou de si uma risada espontânea, que só não se prolongou devido à lembrança de que a participação na lista quase se fez certa. Teria sido horrível estar sob suspeita, um minuto de gemido fogoso às vezes pode se multiplicar em tempo bem esticado de lamentação. Mas como não queria que o assunto fizesse volume na cabeça cheia, o vegetariano alinhou-se à zombaria de Anacleto.

— Diga então, Anacleto, você está na lista?

Anacleto não alterou a expressão de quem se divertia. Não se constrangia por pouco e tudo lhe dava razão para a chacota.

— Ora, dos homens de toda a cidade, talvez só o padre Olímpio não faça parte da lista. Aliás, você também está incluído nela, não é mesmo? Afinal, houve o tempo em que Malu Vulcão fazia rondas no entorno da sua casa.

— É impressionante. Você parece ser dono de dez pares de olhos a se espalhar por todos os lados. Não sei se estou ou não na lista. A verdade é que não há motivo biológico que me possa acusar. Ludovico me interrompeu antes mesmo que eu começasse a fuçar a brecha do terreno.

Os dois dividiram risadas como se fossem amigos de data perdida no tempo. É fácil se solidarizar quando contos de malícia são postos em discussão. Mas a descontração estava por um fio frágil. Pela falta de premonição, que nunca é dada a ser farta como o são os palpites e as apostas, no instante em que o nome de Ludovico se intrometeu no assunto, não se via nisso mais que uma palavrinha à toa perdida na frase entre verbos, preposições e pronomes. O fato é que nem poderia ocorrer ao vegetariano que, ao pronunciar aquela palavra, desencadearia o deslizar da avalanche que tomaria rapidamente a sua direção e bloquearia todos os acessos à sua paz de espírito. Isso porque Anacleto ligou nome ao animal e alterou em meia-volta o rumo da conversa. Não lhe era admissível deixar de conhecer o detalhe das coisas.

— Por falar nisso, então é verdade que resolveu se livrar do seu bicho de estimação?

O vegetariano fechou a cara. Tinha recebido a pergunta como acusação.

— Não fale desse jeito, que não me sinto bem. Não conhece a história por inteiro. Saiba que tenho Jurandir Cartola em meu encalço, ele pretende a devolução do animal. Procurou-me e jogou-me ameaças na cara. Logo em seguida, e oportunamente, o prefeito mandou me chamar. Tinha uma proposta vantajosa para a vida de Ludovico. Portanto, não me livrei do bicho. O que fiz foi lhe garantir futuro mais promissor. Ele agora terá disponível a vastidão de pastagens que lhe fartarão de banquetes constantes. Também encontrará a companhia de animais da mesma espécie, com os quais há de se entender plenamente. E o principal: estará longe de Jurandir Cartola, que caso o tivesse de volta, você sabe, faria dele picadinho. Diga se não estará melhor do que quando era mantido sob a minha desajeitada tutela?

O vegetariano ia aos pormenores da explicação, desfiando defesa pronta. Dessa forma continuava exercitando necessidade de provar a si mesmo a correção da escolha que fez. Contudo, a justificativa do vegetariano chegou a Anacleto como audição de notas dissonantes. Pela primeira vez Anacleto assumiu postura de desassossego. Permaneceu por alguns segundos em silêncio, ensaiou algumas palavras, chegou a dizê-las pela metade. Estava hesitante. Não conseguia ser hábil em dar a má notícia.

— Espere um pouco. Ontem pelo fim da manhã, lá na saída da cidade, perto das obras do novo pórtico, vi passar o caminhão da prefeitura que carregava Ludovico. Um pouco mais à frente, o caminhão parou ao lado de outro caminhão. Transferiram Ludovico do caminhão da prefeitura para o outro caminhão. Acontece que na lateral do caminhão para onde Ludovico foi levado havia algumas palavras pintadas que me chamaram a atenção. Cheguei mais perto e consegui ler o que estava escrito: "Frigorífico JC". Se Ludovico pegou carona num caminhão do frigorífico pertencente a Jurandir Cartola, então convenhamos que ele não terá um futuro promissor. Ou é bem provável que ele não tenha nem mesmo futuro...

O vegetariano sentiu-se estúpido pelas razões erradas. Viu-se alvo de piada. A princípio relutava em acreditar no testemunho de Anacleto, cuja propensão ao deboche sempre era desafio à veracidade do que dizia. Porém, Anacleto não tinha feição de troça, e o vegetariano chegou ao ponto de torcer para que tivesse sido uma brincadeira. Sorriria, sentiria alívio.

— Anacleto, você me pegou, agora diga a verdade.

Anacleto convenceu-o de que sua narrativa era a reprodução da verdade do que tinha visto. O vegetariano pediu a repetição do relato. Anacleto descreveu em detalhes o caminhão da prefeitura e o motorista que o conduzia, narrou a cena mais uma vez e ainda mais outra para espantar qualquer dúvida. Dos gracejos de poucos minutos atrás ao desespero sufocante, o vegetariano chegou em um pulo. Esfregou as mãos no rosto e as levou aos cachos crespos do cabelo, parecendo querer arrancá-los. Não entendia como aquilo poderia ter acontecido. O entendimento era prejudicado pela ingenuidade acerca dos estratagemas praticados pelas administrações da coisa pública. Nada que o repertório informativo de Anacleto não pudesse esclarecer. Desde o estapear de casais na rua até as negociatas secretas combinadas nos subterrâneos da política, os futriqueiros estão continuamente atualizados sobre as mazelas incrustadas nos mais variados temas.

— Dizem por aí que Jurandir Cartola e o prefeito são sócios em atividades clandestinas. A amizade dos dois é mina de ouro. Cartola fez chover dinheiro na campanha eleitoral do prefeito Nicodemos. Depois, quando eleito, Nicodemos devolveu os favores por meio de vários contratos entre o município e as empresas de Jurandir Cartola. Vamos ao exemplo da construção do pórtico milionário. De onde acha que vêm a areia, as vigas, o cimento. Tudo é coisa que vem da loja de material de construção de Jurandir Cartola. E o valor é duas vezes mais caro do que normalmente custaria. Veja então se o prefeito não estaria aberto a qualquer solicitação que lhe fizesse seu parceiro de vantagens, nem que fosse meramente em prol da recuperação de um animal.

Agora sim o vegetariano se sentia estúpido pelas razões certas. Tanto havia se perturbado a respeito de se preparar para o caso de lhe arrancarem Ludovico à força, e ao fim e ao cabo ele próprio havia se encarregado de dar vida facilitada ao inimigo. Com a alma em incêndio, socou o tronco de um salgueiro próximo. A pobre árvore recebeu agressão sem ter nada a ver com o conflito. Caso soubesse se expressar, até poderia protestar com razão: era discreta, fazia sombra, enfeitava o cenário com folhas de cabeleiras longas e, mesmo se prestando unicamente à oferta de benefícios, pagou pelo ataque de fúria do vegetariano. É assim a ingratidão dos homens. Mas para o salgueiro, dotado de força bruta e isento das fragilidades que vêm da emoção e do sentimentalismo, aquilo era quase nada, talvez alguma coisa parecida com uma rajada de vento. Já para a mão do vegetariano, o destempero custou o gotejar de sangue. Com o punho em dores, o vegetariano exigiu de si providência imediata. Partiu sem dar satisfação a Anacleto e sem nem sequer recolher o carrinho de pipocas.

Enquanto observava a imagem do vegetariano sumir do campo de visão, Anacleto resmungava baixinho:

— Passaram-lhe a perna, passaram-lhe a perna.

10

Apostar corrida contra o tempo é enfrentar um adversário que larga na dianteira, tem pernas compridas e jamais se cansa. O vegetariano lutava contra a demora e por isso corria na velocidade de cachorro enxotado. Bufava, arfava e espalhava juras de vingança em voz exaltada que era para juntar testemunhas da sua indignação. Na casa onde já tanto estivemos a bisbilhotar, o vegetariano irrompeu com propósito certo. Pelo caminho, esbarrou nos móveis e derrubou tudo que desafiava seu atabalhoamento. Foi até o quarto e por lá mergulhou para debaixo da cama, lugar onde estava guardada sua cinta de couro. Levantou-se e de imediato passou a acomodá-la na cintura enquanto se dirigia ao guarda-roupa. Dentro dele havia uma caixa de madeira que fazia as vezes de cofre. Apesar da pressa, abriu a caixa com apuro. Estava a ponto de manusear uma relíquia. Pegou o facão e o levantou para examinar o brilho da lâmina. Em seguida, com expressão grave, acomodou o facão na bainha da cinta de couro. Soldado e exército no mesmo corpo, tinha agora encontro marcado com a guerra. Aqui novamente a narrativa esbarra numa daquelas famigeradas frases feitas. Por fazer referência ao tema ora tratado, e só por isso, sente-se no direito de participar do texto. Caso lhe fosse permitida a participação, assim diria: "O vegetariano daria um boi para não entrar na briga e daria a boiada para dela não sair".

Ao ultrapassar o pórtico em construção quase terminada, subiu-lhe um calor nas ventas, que era sintoma de algo pior que a antipatia. Tivesse tempo, talvez atentasse contra a suntuosa construção em andamento. A corrida seguiu por um território bem conhecido. Fazia tempo sem visita da chuva, e uma poeira alaranjada o acompanhava. A estrada de terra lhe trazia lembranças. Passou por ela durante mais de um terço da vida, passou por ela pela última vez quando carregava no colo o novilho Ludovico. Desde que se tornou homem renovado, tinha intenção definitiva de nunca a percorrer novamente, o que agora provocava a estranha sensação de que cada passo dado à frente parecia um passo dado para trás. Aquele caminho era atraso de vida que incomodava. Ao longe, na divisa entre o céu e o traço do horizonte, o vegetariano avistava o balé aéreo dos urubus. A imaginação poderia fazer paralelo com o rodear de corvos em torno da mansão assombrada. O matadouro não era coisa boa de ver.

Na condição de estar com as ideias perturbadas pela insurreição, ao vegetariano era impossível raciocinar friamente e estabelecer um plano de ação organizado. Então por isso vagava com falta de estratégia. Por impulso, sem considerar o que acontecia no interior do matadouro, acelerou em direção ao primeiro setor que lhe veio à vista.

No curral, havia doze animais com aparência de estarem famintos. Naquele estágio, um dos últimos de toda a vida, a extinção do alimento era forma de preservar maior higiene dos intestinos. Tendo em vista se tratar de substância apta por excelência à promoção da limpeza, só mesmo água lhes era permitido descer pela garganta. Nesse caso, aos mais cerimoniosos pode ser que a água tenha valor de derradeira consolação. O vegetariano conferiu a cara de cada um deles, olhares tristonhos pressentindo o pequeno resto de existência. Ludovico não estava entre eles, e essa não era constatação alentadora: ao menos por ali os animais ainda se sustentavam sobre as quatro pernas. O vegetariano, então, dando-se conta do que acontecia com os animais no interior do matadouro, dirigiu-se apressado até lá.

Entre o curral e o matadouro, estendia-se um corredor estreito, dentro do qual os animais faziam fila. A água era aspergida de um mecanismo pregado na lateral de dentro do corredor. Aplicado ao longo do percurso, o banho gelado e mórbido favorecia boa sangria e tentava acalmar os ânimos normalmente atiçados pela desgraça iminente. O vegetariano ladeava o corredor. Ambos compartilhavam o mesmo destino. Pescoço esticado e olhos de luneta, ele conferia os animais perfilados. Faltava-lhe Ludovico e a hipótese de que já tivesse atravessado o corredor da morte provocou apelação aos préstimos da promessa. A Deus e aos santos de maior fama e melhor operosidade, o vegetariano jurou que, caso encontrasse Ludovico vivo, saudável e inteiro, daria dez voltas completas ao redor da Igreja Matriz, ajoelhado e recitando todas as orações que conseguisse decorar. Rapidamente aprimorou os termos da promessa. Joelho esfolado e palavras soltas ao vento não traziam qualquer utilidade aos planos da criação, e então melhor seria que prometesse algo mais substancioso, como a distribuição gratuita e frequente das suas pipocas aos desvalidos da cidade. Reconsiderou novamente. Pipoca não é prato de comida nem sopa quente, e além do mais a cessão de tanta quantidade da sua fonte de renda provavelmente acarretaria a circunstância em que ele é que se tornaria um desvalido. Enfim, preferiu renegociar uma promessa a prazo. Os céus lhe atenderiam ao pedido e depois então ele decidiria qual seria a paga ideal. Apesar das expandidas linhas acima, tudo isso se passou na cabeça do vegetariano em um instante. Seus pensamentos acompanhavam o ritmo da corrida e eram como o piscar da luz. Acendiam e apagavam rapidamente e ao mesmo tempo. Porém, algo deteve a marcha tresloucada. O olhar periférico do vegetariano captou a súplica por atenção. Talvez fosse um pedido de socorro ou simplesmente a interrogação sobre o que acontecia. O vegetariano era experiente nas questões do abatedouro e sabia não ser recomendável retribuir aquele olhar. Mas ali estava uma atração quase hipnótica, tão inescapável quanto a força da gravidade. O vegetariano e um animal de cara cor de amêndoa encararam-se por um intervalo de mansidão. Rumavam em paralelo. O animal tinha à frente a beira de um abismo e o homem, a busca do sentido da sua vida sem graça. Aquela permuta de sensações, que era uma forma desajeitada de diálogo entre criaturas jogadas num turbilhão de desconcerto, fez o animal da cara de cor de amêndoa empacar. De longe, percebendo a interdição do fluxo, o funcionário do matadouro aproximou-se apressado e encostou um bastão eletrificado na perna do animal. O choque impulsionou-o para a frente. Deu-se o contágio da agitação e os outros animais passaram a se espremer e a trepar uns nos outros. O caos se acentuou. Lá da frente e tal como névoa assombrada vieram o cheiro de sangue e o som de mugidos, que eram gritos de agonia. Os mais adiantados tentavam recuar, os que vinham atrás, impulsionados pelo choque, impediam o regresso. O último recurso de se jogar para o lado era contido pela estreiteza opressiva do corredor. Aterrorizados, os animais tinham invariavelmente os olhos saltados da órbita. Todos reconheciam os sinais da morte. Antes de abandonar a cena que transcorria ao lado, o vegetariano procurou contato com o animal da cara de cor de amêndoa. Agora, inclinado a ter sentimentalidades, pretendia deixar olhar de despedida.

 Entrar no matadouro foi tarefa fácil. O vegetariano ostentava boa reputação entre os funcionários. Sua habilidade com cortes e a velocidade com que dava conta de todo o processo de fatiamento criaram aura de maestria admirada, inclusive entre aqueles que controlavam o acesso ao lugar. Na entrada, o vegetariano não assimilou as perguntas sobre se o comparecimento era sinal de readmissão e seguiu sem moldar esclarecimento. Passaria por arrogante não fosse a complacência com que são tratados os talentosos. Lá dentro cada canto era íntimo, ele sabia aonde ir, sabia quem procurar. Chamava um nome, chamava Jeremias com a máxima potência da voz. Para encurtar distância e poupar tempo, deixou seus gritos se adiantarem ligeiros à frente. Assim como o cão que escuta o chamado do dono, Jeremias teve um sobressalto. Magro e ágil, perseguiu a vibração da voz conhecida e quando se deparou com o vegetariano só não o abraçou porque tinha todo seu macacão salpicado de sangue. Parte do contentamento se devia simplesmente ao reencontro com um antigo companheiro de ofício. A outra parte correspondia à expectativa de que o eventual regresso do vegetariano ocasionasse a divisão de tarefas e assim amenizasse a sobrecarga de trabalho.

— Jerê, meu filho, quem está no comando da pneumática?

Jeremias enxergava o brilho das minúsculas bolhas de suor brotando no rosto do vegetariano, o que era o próprio desenho da aflição. Alvo de olhos fixos e obcecados, Jeremias logo entendeu que estava envolvido em algum tipo de missão de urgência e exigente de resposta pronta, sem concessão a rodeios.

— Custódio é quem agora pilota a pneumática.

— Custódio?! Mas ele não estava apegado à ideia de se aposentar?

— Sim, mas convenceram o velho de que o trabalho dele era de grande importância e utilidade. Ele ficou vaidoso e quis ficar. Dizem que o infeliz custa bem menos que a contratação de um novo funcionário.

Uma intrusa sensação interrompeu a conversa, o vegetariano fez sinal de pausa, sentiu-se tonto e cambaleou. Jeremias teve a reação de ampará-lo e disparou perguntas que nessas ocasiões são automáticas. "Sente-se mal?", "O que está havendo?", "Quer água?" Enquanto ajudava o vegetariano, Jeremias tinha aparência cheia de preocupação e nem sequer podia imaginar que era ele próprio quem motivava a crise, já que trazia o corpo impregnado pelo cheiro intenso de carne e sangue. Enquanto isso, o tempo escapava ao largo. Zombeteiro, dava risadinhas do drama que ficava para trás. O vegetariano atravessava campo de batalha e não caía bem se entregar diante de um revés quase insignificante. Recolheu o restante das forças e se insurgiu contra a debilidade. Já aprumado, fez uma convocação a Jeremias:

— Vamos ao Custódio.

Jeremias estava sempre à borda das confusões. Era bom escudeiro, tanto que não titubeou em se entregar com dedicação ao assessoramento. Os dois seguiram e até chegarem a Custódio houve espaço para o seguinte diálogo:

— Jeremias, por acaso Custódio manuseia bem a pneumática?

— Bem, você sabe. Isso é tarefa fácil até pra infante desnutrido ou mulher delicada. Qualquer um consegue apertar o gatilho. O problema nem é esse. A pistola pneumática está com defeito e então voltamos ao tempo das marretadas.

— Marreta! De novo? Mas já não se fazia isso há tanto tempo.

— Pois é verdade. E Custódio não é mais nenhum garoto. A falta de força tem feito aumentar as doses de marretadas. O bicho não desmaia com a primeira, nem com a segunda, daí ser comum que Custódio tenha que marretar três, quatro ou cinco vezes. Certa vez, ninguém contou, eu vi, o pobre do bicho ainda estrebuchava no chão quando recebeu a oitava marretada que esmigalhou de vez a cabeça dele. Custódio precisou de oito marretadas para atordoar um animal que nem grande porte tinha. Foram oito marretadas. Oito.

O vegetariano diminuiu a velocidade das passadas. Estava tonto outra vez.

Os cabelos desgrenhados, as olheiras fundas e o macacão amarrotado conferiam a Custódio o aspecto de quem havia acabado de acordar. Quando avistado, mantinha posição de ócio. Suas mãos, uma sobre a outra, descansavam no cabo da marreta invertida. Caso a marreta fosse substituída por uma bengala, aí teríamos a pose para uma foto de época. Na presença dos dois, Custódio desfez a postura de sossego e se pôs a movimentar-se desajeitadamente, com intuito de disfarçar a inatividade. A vaidade que lhe faltava em relação à aparência era compensada no gosto de saborear o reconhecimento recebido pelo trabalho de algumas décadas. Tinha orgulho a zelar: era um velho útil. E agora que lhe haviam insuflado o ego, não podia deixar rastros que ensejassem contestação à sua capacidade de trabalho.

Já o que faltava ao vegetariano era tempo. Não fez saudação e dispensou qualquer introito. Mal havia se aproximado e já despejava inquérito:

— Custódio, por acaso tem memória de ter passado por aqui um nelore com mancha em forma de lua minguante entre os olhos? Você o viu? Diga, homem, tem lembrança de tê-lo golpeado?

O rosto de Custódio cobriu-se de susto. Estava assustado nem tanto pela figura aflita do vegetariano, que naquela altura agarrava-lhe o macacão e transparecia ter medo do que seria a resposta. Era mais por causa da estranha ingenuidade que vinha trazida pelo interrogatório.

— Ora, mas isso só pode ser um delírio, ou então uma estupidez! Na nossa profissão é mandamento número um evitar a qualquer custo olhar nos olhos dessas criaturas. O que fazemos aqui não tem a ver com morte, nem massacre. Produzimos montanhas de proteína para alimentarmos nossos filhos e os filhos dos outros. Imagine se começarmos a olhar nos olhos deles... Esses bichos são medusas. A diferença é que quando os encaramos não viramos pedra, mas sim uma estátua de manteiga derretida.

Feito alunos sob advertência, o vegetariano e Jeremias se entreolhavam constrangidos. Custódio virou-se em direção ao vegetariano e emendou:

— Então é isso? Você cometeu um erro. Deixou-se encarar por um deles, não foi? Sim, foi por isso que abandonou o emprego. Seu pai e seu avô, os melhores açougueiros que já passaram por esta terra, estariam profundamente decepcionados se estivessem vivos.

O vegetariano mirou o chão como se o pescoço tivesse sido envergado pelo peso da vergonha. Mas se sentiu envergonhado bem de passagem, muito em virtude da reação rápida ao tom professoral e incisivo de Custódio. A melhor reflexão concluiu que suas razões tinham algo de justo e por isso mereceriam apoio, bastando serem divulgadas de preferência com algum toque de comoção. E foi isso que fez. Retificou a postura desolada e desfiou a narrativa do que lhe havia ocorrido. Início, meio e fim. Depois de ouvido o desafogo de tudo quanto temos sido testemunhas até aqui, foi a vez de Custódio e Jeremias se entreolharem. Compartilhavam a mesma expressão de espanto. Nas redondezas, era certo, sabido e inevitável o destino de quem mexia com Jurandir Cartola: ou se morria cedo, ou se desejava que a morte não tardasse.

Os três se uniram pela causa e empenharam busca no matadouro. Mais acostumada a conhecer tragédias, a longa vivência sempre está a flertar com o pessimismo, e então Custódio deu ideia de irem até os ganchos. De todo modo, era uma possibilidade que não se podia descartar.

E lá estavam os três diante de um varal de carcaças. Os ganchos pendurados a partir do teto prendiam as pernas de corpos que balançavam em cadência preguiçosa. Tanto quanto o ar, ali o vermelho preenchia todos os espaços. Estava na liquidez do sangue que ainda escorria dos corpos e escoava pelos sulcos abertos no chão. Estava na viscosidade das vísceras espalhadas em pequenos montes. Estava no brilho das fibras musculares expostas. Estava no contorno de tudo que se via. Estava no cheiro. Estava nos sons.

Custódio inspecionava cada um dos cadáveres com serenidade. Fosse captada isoladamente sua expressão, bem poderia ser dito que escolhia roupas em um cabideiro. E também foi com serenidade que deu aviso ao vegetariano:

— Aproveite que ainda não arrancaram as cabeças e faça logo o reconhecimento.

Se não por preocupação, mas ao menos pelo raciocínio lógico de ligar as pontas que unem causa e efeito, natural que seja questionado como se comportaria o vegetariano no lugar em que a exposição de carne era tão abundante. Sim, o vegetariano sofria. Tinha náuseas que lhe atacavam a cada gole de ar inspirado, e isso se traduzia na palidez da pele e no tremelicar das mãos. Custódio balançou negativamente a cabeça, julgando incompatível que aquelas sensibilidades acometessem homem rústico e habituado às coisas ocorridas naquele ambiente. Mas o vegetariano não deixava a derrota encorpar. Empreendeu bravura de se agachar bem próximo à primeira cabeça que pendia inanimada. Não era Ludovico. Dali em diante, o vegetariano teria que repetir o procedimento por mais de dez vezes. Antes de cada nova cabeça a ser avaliada, cerrava os olhos com força. Ao abri-los, o que mais queria era estar defronte a bicho desconhecido. Percorrendo todas aquelas feições sem vida, o vegetariano dava prova de que agora era outro. Enquanto sustentava olhar fixo e perquiridor, uma das fisionomias ganhou sobrevida e se agitou. Os olhos do bicho arregalaram-se subitamente e a boca expulsou a língua mole e desorientada. O susto fez o vegetariano saltar para trás. Perdeu o equilíbrio, esparramando-se de costas no chão pintado de sangue. O movimento, algo entre o contorcionismo espontâneo e a pose constrangedora, caberia perfeitamente em alguma cena de comédia pastelão. Nos tempos em que exercia ofício no matadouro, não lhe provocavam surpresa os casos em que os animais suspensos exibiam espasmos a título de último suspiro. De novo, Custódio balançou a cabeça em sinal negativo, dessa vez acrescentando um gesto de braços erguidos, como se pedisse paciência aos céus.

Já era a última cabeça que ao vegetariano cumpria examinar. Desconfiava do destino, que às vezes gosta de aprontar decepção no fim da linha. As mãos aprisionavam os olhos. O suspense durou tanto tempo quanto a imaginação do vegetariano, que vaticinava a eventualidade de Ludovico estar extirpado, pendurado de cabeça para baixo e sem ruminar. Os dedos foram se afrouxando e a visão aos poucos foi devolvida aos olhos. Quando o vegetariano percebeu alguns traços de incompatibilidade, tratou de baixar as mãos em um movimento brusco, permitindo aos olhos a restituição da liberdade. Definitivamente, o vegetariano foi poupado de encontrar Ludovico travestido de bife. Mas quase todo alívio é tão momentâneo quanto a duração do suspiro que o acompanha, não resistindo à preocupação atocaiada na próxima esquina. O paradeiro de Ludovico ainda era charada sem pista.

Nesta altura, alguém que aprecie reparar detalhes deslocados para a margem da cena principal provavelmente já tenha percebido o fato de Jeremias andar afastado dos mais recentes acontecimentos. Voltemos um pouco o tempo da narrativa e vamos encontrá-lo em situação de estar alheio ao que se passa com os outros dois. É o comportamento de quem está distraído com o trabalho do raciocínio. Enfim, o que lhe ocorre tem a importância das invenções e descobertas. Observa os outros dois com ar de superioridade, afinal agora detém a chave do mistério, que eles não tiveram aptidão de desvendar. Pretende prolongar um pouco mais o prazer de saborear a sensação de ter, entre os três, a maior clarividência.

Retornemos ao ponto atual da narrativa. Custódio inquietou-se porque precisava voltar a seu posto. Tinha receio de ver o rebanho acumulado em fila. Nem de longe admitia questionamento de como vinha desempenhando seu ofício. O vegetariano, dando arrumação ao pensamento, levantou-se devagar e desfez a posição em que lidava com a última conferência. E no momento em que Custódio já quase se retirava e o vegetariano completava o movimento de estar levantado, Jeremias, agora já ansioso para divulgar o fruto da sua sapiência, chamou os outros dois e pediu atenção. Tinha anúncio decisivo a fazer.

— Já sei o que se passa. Por acaso se esqueceram de que dia é hoje?

Fez-se a troca de olhares que faltava. Foi a vez de Custódio e o vegetariano se entreolharem. Procuravam, um no outro, algum fio de compreensão. Jeremias captou a falta de entendimento, o que o fez se sentir ainda mais especial. Antes de oferecer explicação, demorou-se algum tempo. Valorizava ao máximo o orgulho de ser o guardião de uma preciosa epifania.

— Hoje é sexta-feira. A última sexta-feira do mês.

Custódio e o vegetariano se entreolharam novamente, mas dessa vez estavam boquiabertos. Entendiam o que se passava. Enquanto Jeremias sorria satisfeito por ser o arauto da solução, Custódio amparava o vegetariano, que, dominado pela tontura, ameaçava desmaiar.

11

A excentricidade, o desvario, tanto um quanto o outro e não necessariamente em concomitância, escapam para além da cerca que faz divisa entre o bom senso e tudo aquilo que não cabe na assimilação de gente equilibrada. O que então dizer das vezes em que se misturam e se põem a atuar em conjunto. Jurandir Cartola era excêntrico e desvairado. Muito frequentemente gostava de se vestir como toureiro, levava tempo desmedido diante do espelho, providenciando o acerto caprichoso de detalhes da roupa. Bem poderia ser que lhe destinassem o rumo de algum manicômio, mas isso se fosse pobre e coitado. Era rico, poderoso, dono da cidade, daí por que seus desatinos ganhavam disfarce e recebiam rótulo de folclore sofisticado, em torno do qual girava aparato dispendioso. Jurandir Cartola não se contentava em se cobrir com traje de toureiro. Também lhe aprazia atuar como tal, e era um prazer que superava inclusive o gosto de multiplicar riqueza. Em uma de suas fazendas, fez abrir clareira e mandou construir arena equipada com arquibancada de madeira. O projeto consumiu material de primeira, com exigência de se tornar um monumento. Para Jurandir Cartola, o resultado não deixou a desejar às mais tradicionais praças de touros.

Era a única ocasião em que substituía a cartola por outro tipo de chapéu, o chapéu de toureiro. Se alguém o visse de perto, de frente e assim que entrava triunfante na arena, notaria suas bochechas corarem de excitação. Era a reação aos aplausos e gritos vindos da plateia. Grande parte do público era formada por funcionários da fazenda. Jurandir Cartola os pagava bem para estarem ali. Poderia obrigá-los se o quisesse, mas era esperto e sabia que a boa paga aprimorava o entusiasmo. Nem tudo porém era destituído de espontaneidade. Embora disfarçadas, algumas risadas ousavam explodir misturadas entre a orquestra das palmas adestradas, afinal, via-se uma versão burlesca no lugar da clássica imagem do toureiro esguio. E assim as risadas clandestinas vinham sem preço, sem represa e respondiam ao efeito da combinação entre a calça apertada e a protuberância adiposa de Jurandir Cartola. A fantasia de acabamento bem-feito carregava costuras em sofrimento, a expansão das carnes espremidas era contida com esforço, tinha-se sempre a impressão de que tudo estava muito perto de se rasgar.

A coisa toda era bem organizada, os trâmites se davam sempre da mesma forma, a começar pelo ato preliminar que servia ao aquecimento do público. Ao sinal de Jurandir Cartola, soltava-se na arena uma cabra. Toureiro e cabra se estudavam no território exclusivo aos dois. Logo a cabra percebia que ali não era lugar de conforto e então passava a se movimentar com inquietação. Por sua vez, Jurandir Cartola apenas a acompanhava de longe com o caminhar de ardil. Era o tempo passar e então diminuía a distância. Por óbvio, a figura estranha fazia a cabra sempre querer se afastar. Fugia e logo Jurandir Cartola estava novamente por perto. Os dois alternavam constantemente o espaço que ocupavam. Eram passos de uma valsa sinistra, e nisso se demoravam. Até que então a cabra se cansava. Há na constituição de qualquer bicho a hombridade de não estar perpetuamente à disposição das maluquices que os homens lhe impõem. Nesse momento, a cabra ficava a berrar, e se pudesse ser traduzido, esse berrar estaria querendo dizer "Basta, dessa brincadeira não quero participar". Chegava a vez de Jurandir Cartola se aproximar em definitivo. Aproveitava que o bicho era só cansaço e lhe agarrava pelo pescoço. Instaurava-se um debater inócuo. Os braços gordos de Jurandir Cartola lidavam com prisioneiro exaurido. Uma adaga surgia de algum lugar e, movida por um golpe treinado, afundava-se no mais letal dos pontos do pescoço. O cadáver da cabra, ensanguentado e molengo, era retirado da arena com presteza e sob os aplausos da plateia.

    Logo em seguida vinha o ato principal. Tratava-se da tourada forjada segundo as regras que o próprio Jurandir Cartola havia estipulado. Em vez do touro, tinha-se um boi rigorosamente selecionado a partir de algumas exigências. Para participar da atração, o animal precisava ser manso, e se não fosse manso também serviria se fosse doente. Doente ou manso, necessariamente deveria não ostentar chifres pontiagudos. Como se vê, Jurandir Cartola não prezava a imprevisibilidade dos resultados, sobretudo também porque ao longo da arena posicionavam-se quatro jagunços instruídos a evitar qualquer infortúnio que ameaçasse a vitória certa do toureiro. Nesse segundo ato, a indumentária de Jurandir Cartola fazia-se completa com o acréscimo de uma capa vermelha de forro amarelo. Os bois se comportavam de maneira diferente de como agiam as cabras. Cada boi solto no palco agitava-se pouco e permanecia na área central da arena. Jurandir Cartola passava a rodeá-lo, brandindo a capa, estufando o peito, mostrando a língua. Procurava intimidar o bicho com caretas. Nesse momento eram trazidas à arena várias lanças curtas e finas, cujas pontas eram afiadas assim como as de um arpão. A confecção dessas lanças era providência de alto esmero. O marceneiro a quem incumbia lhes dar forma manuseava cada uma delas como se estivesse a criar um violino de acústica rara e perfeita. Jurandir Cartola voltava a rodear o animal, agora com o porte da lança ostensivamente exibida ao público. Durante o trajeto circular, pesquisava a anatomia exposta a seus sucessivos ângulos de visão. A parte do corpo eleita como alvo era muito variável. Jurandir Cartola parava subitamente e pode ser que estivesse a mirar o pescoço, o peito, o dorso ou algum espaço entre as costelas. Posicionava-se com a elegância de um espadachim e então cravava a lança afiada no ponto escolhido. O bicho sentia o susto da dor, afastava-se meio trôpego, meio assustado, carregando espetado em si o objeto que lhe remoía as carnes. Jurandir Cartola perseguia-o quando então já havia reposto na mão outra lança afiada. Enfiava a segunda lança e depois tantas quantas fossem necessárias para dar seguimento ao espetáculo. Os bois com maior debilidade morriam sem demora já com as primeiras estocadas. Mas havia os mais resistentes, que só desabavam depois de ter o corpo infestado de lanças cravadas, feito vodu de inimigo capital. De qualquer modo, a tourada nunca haveria de sofrer prejuízo por falta de restituição. Nos bastidores da arena, havia um cercado em que se apinhava grande quantidade de bois disponíveis a suceder a inutilidade dos que já tinham ido ao encontro da morte a espetadas. Convinha mesmo que a atração se estendesse, pelo motivo das apostas. A outra parte do público era formada por um punhado de amigos de Jurandir Cartola. Sempre estavam por ali a divertir-se muito, apostando na quantidade de lanças suficientes para fazer tombar cada boi. Os velhos davam risadas altas, gastavam bolos de dinheiro em favor do risco de ganhar ou perder e ainda trocavam palpites a respeito da melhor estratégia. Quase todos eram muito conservadores, tramavam apostas com base na evidência de que o menor ou maior vigor do bicho era diretamente proporcional ao menor ou maior número de lanças suficientes ao abate. Havia contudo espaço para surpresas. Os apostadores de grande ousadia faziam festa quando o boi de aparência frágil não se deixava morrer com menos de dez lanças agarradas ao corpo ou quando o boi corpulento se deitava já com o rasgo da segunda lança. Jurandir Cartola tinha habilidade para escolher o momento propício de encerrar o espetáculo. A hora certa de parar garantia sempre grande expectativa para o próximo evento. Ao final, era dada ordem para um dos jagunços arrastarem para fora da arena o último dos corpos cravado de lanças. Jurandir Cartola dobrava demoradamente a espinha em sinal de agradecimento à ovação, tanto a remunerada dos funcionários da fazenda quanto a eufórica dos viciados nas apostas. Ao sair da arena, Jurandir Cartola deixava para trás um rastro de pegadas afundadas na lama formada pela mistura de areia e sangue.

    A divulgação das touradas transcorria sem muito alarde. A arena estava instalada em local ermo e os frequentadores eram praticamente sempre os mesmos. Era quase como um clube secreto, o que fazia rondar em torno do evento certo aspecto de lenda. Mas determinadas lendas são tão intensamente reais que todos sabem a hora e o dia da sua ocorrência. Nos casos das touradas de Jurandir Cartola, sempre na tarde da última sexta-feira de cada mês.

12

— O que faço agora?

Era a pergunta de desnorteio que a Jeremias cumpria responder. Nunca há tempo esticado para saborear a glória. Mal havia oferecido o desvendar de um mistério e já era convocado a enfrentar o destrinche de outro desafio. Fez-se um desfalque. O trio reduziu-se a dupla quando Custódio não deu conta da ansiedade que o empurrou em desabalada correria de volta ao trabalho. A tarde alaranjada por pouco chegaria a seu ápice. Estava quase cheia. Do lado de fora do matadouro, o vegetariano e Jeremias buscavam saída para o problema. Estavam mudos e concentrados até o vegetariano deixar escapar o último resto de calma.

— Estamos muito longe. Daqui para lá é caminho de horizonte fujão.

Ainda compenetrado, Jeremias não deu importância ao descontrole do vegetariano. Tinha semblante de detetive absorto em pistas embaralhadas. Os olhos fixos fitavam algum alvo que parecia invisível a outras pessoas. O pensamento estava em espreita, aguardando quando pudesse dar o bote e capturar alguma ideia. O certo é que sua reputação de sabichão lhe era cara e por isso exigia maquinação da mente à procura de solução, o reconhecimento é algo que está sempre a pedir nova prova. Um barulho fez Jeremias interromper o raciocínio. Virou-se na direção de onde veio o som do pequeno estouro. O redor se encheu de fumaça preta cuspida aos soluços por um cano de descarga. Pronto, Jeremias estava livre da desonra. Já tinha um plano.

Dessa vez não era oportuno fazer suspense. Com duas ou três palavras ditas em alvoroço, Jeremias anunciou quase em tom de comando que era preciso aprontar correria. O vegetariano obedeceu à convocação de urgência sem pedir satisfação. Naquela altura, qualquer providência que lhe tirasse da inércia cairia bem. Enquanto corriam, Jeremias alternava o detalhamento do plano com intervalos em que se esforçava para resgatar o fôlego.

— Está vendo aquele caminhão? Todos os dias traz um carregamento de bois e agora está voltando vazio à fazenda de Jurandir Cartola. Sua única chance é aproveitar carona.

O caminhão já alcançava o estágio em que a velocidade abandona a lentidão do impulso inicial e começa a progredir gradualmente em busca de rapidez. Foi preciso Jeremias repetir os termos de sua ideia para só então o vegetariano começar a correr. Não que ao vegetariano faltasse a inteligência dos que captam a compreensão de qualquer assunto instantaneamente. A seu favor está a justificativa de que o desespero não se acerta com o bom juízo.

Tendo domínio sobre o que era preciso ser feito, o vegetariano se dedicou ao plano com fervor de fanatismo, tanto assim que fez da corrida exibição de maratonista. Jeremias não suportou o ritmo olímpico e com mãos nos joelhos e respiração atarantada ficou pelo meio do caminho. Quando já perto da traseira do caminhão, o vegetariano foi agredido por uma baforada de fumaça, e de nada adiantou fechar os olhos e virar de lado a cara, a vista ardeu, lacrimejou, teve o funcionamento suspenso. Tomados de assalto, os pulmões exigiram socorro. Para expulsar o ar envenenado de dentro de si, o vegetariano parou e se pôs a tossir violentamente. Isso levou tempo precioso. Ao perceber que o caminhão era visão distante outra vez, o vegetariano reatou correria e agora tinha brio aceso. Alcançou novamente a distância em que a fumaça era obstáculo. Dessa vez, abaixou a cabeça, prendeu a respiração e com o impulso da velocidade saltou em meio à névoa escura, mantendo os braços esticados para a frente. Às cegas, sentiu as mãos esbarrarem na textura enfarpada da madeira. As mãos desceram e numa fração de segundo engancharam-se em outra tira de madeira. Margeando a estrada, feições curiosas testemunhavam o cômico da cena, o corpanzil do vegetariano exibia-se pendurado na traseira do caminhão. Os braços, suportando peso colossal, pareciam estar a ponto de alongarem-se feito borracha. As pernas ficaram a balançar desengonçadas no vazio até que finalmente os pés encontraram suporte no vão entre as ripas. Com pés em apoio firme, o vegetariano conseguiu escalar a altura da gaiola de boi, do topo da qual se jogou para dentro da carroceria. Quando tocou o piso, suas pernas estavam afastadas uma da outra, de maneira a favorecer equilíbrio. Girava os braços, nadava em mar inexistente, nem podia pensar em cair. A técnica corporal, contudo, não fazia frente à desordem do sacolejo. O vegetariano desabou, e estava além de sua resistência impedir que fosse jogado contra todas as direções. A queda arrancou-lhe das cordas vocais o proferir de tantos xingamentos quantos podia extrair do dicionário mental de obscenidades. Por toda parte rodeava-o e, pior, lambuzava-o, pela roupa e pela pele, a substância pastosa formada por esterco e urina. Ao tentar estar de pé, sucedeu ao vegetariano a mesma dificuldade que ocorre aos bêbados. O descompasso das pernas devolveu-o ao chão por vezes seguidas. Enfim o vegetariano ficou de pé, apoiando-se na lateral da gaiola. Pelas gretas das madeiras, enxergava o matadouro tão ao longe que não passava de cisco perdido na paisagem. Na perspectiva inversa, Jeremias via um ponto de poeira que diminuía e era mais barulho que visão. A lonjura não deixava o vegetariano ver Jeremias. Aquilo era como a vida, em que sempre há pessoas que vão ficando para trás.

  Quando o caminhão parou, já havia passado mais de uma hora desde que o vegetariano se incorporou à pestilência correspondente ao único espólio deixado pelos animais que agora tinham a existência reduzida ao amontoado de carne refrigerada. O motorista abandonou às pressas a cabine do caminhão assim como quem dá fim a um suplício. Todos os seus movimentos revelavam desleixo e enfado, não gostava do que fazia. Empurrou a porta da cabine com a negligência de nem sequer conferir se ela havia se fechado. Não fechou. Depois, desapareceu entre os compartimentos da fazenda.

    O vegetariano esperou o silêncio durar e só então saltou para fora da carroceria. Estava em uma espécie de galpão que abrigava os veículos da fazenda. Ao deixar o galpão, deparou-se com um mundo. A vastidão da fazenda dava margem a pessimismo. O vegetariano girou em torno de si, completando volta inteira. Tudo o que via era amplitude e o que não via era algum rastro de localização. Por ali não perambulavam empregados da fazenda. Toda forma de vida ao redor compunha-se de gado, árvores, pássaros e mais outras espécies inaptas a responder perguntas de orientação. O vegetariano sentiu-se pequeno, solitário e esmagado pela evidência de que seu objetivo, tão impossível quanto remoção de pedregulho enraizado na terra, era ilusão de gente ingênua, daquelas que, com pernas curtas, querem caminhar a passos largos. No céu, mediam-se dois palmos até que o sol descesse para trás do horizonte. Novamente o vegetariano estava na condição de assistir impassível ao tempo escoar. E a passagem do tempo, como se sabe, não respeita vontades, avança indiferente a tudo. Embrenhar os dedos entre a aspereza dos cabelos era marca peculiar das ocasiões em que o vegetariano se desesperava. Foi desse modo, quando as mãos espalmadas sobre a cabeça criavam cena de dramalhão, que o vegetariano levantou o olhar rumo ao céu azul-escuro da tarde. Porque rompeu a limitação da busca, até então restrita à linha rasteira do olhar, o vegetariano descobriu que o socorro vinha de cima, em forma de traços negros e esvoaçantes.

    E lá estavam as articulações das pernas e dos braços em trabalho de engrenagem levada a velocidade máxima de funcionamento. Novamente se movimentavam em correria. Para o vegetariano, correr havia ocupado grande parte das suas mais recentes horas de tumulto e só não superava o tempo do respirar. Contudo, o esforço da corrida não era desafio suficiente. O vegetariano atravessou campina de mato traiçoeiro, que fazia pregar carrapicho na roupa do intruso, arrastou-se por debaixo da cerca de arame farpado, desviou das vacas de tetas arrastadas no chão, teve o braço arranhado pelo espinho dos arbustos, protegeu a cabeça do ataque rasante dos pássaros que defendiam o ninho, pulou por cima de valas e poças, atolou o pé em área de brejo. Fosse pessoa de delicadeza física ou com descostume à lide bruta, certamente teria sucumbido na metade do caminho, estatelado no chão, com língua de fora e pulmão em ardência. Mas, mesmo em farrapos, seguia em frente. Enquanto percorria a travessia repleta de tantas exigências atléticas, não perdeu de vista o ponto no céu que lhe servia de norte. Via a transformação dos traços, quase pontos, em contornos identificáveis. Mais um pouco e via a envergadura das asas projetadas para tirar proveito do vento. Já próximo, via e era visto pelas aves de cabeça pelada e bico afinado, feitos sob medida para o escarafunchar de carniças.

O bando de urubus revezava pouso sobre a pilha de carcaças. Estavam alvoroçados. O bater de asas era sorriso. Em essência, deviam a vida à morte. Faltava espaço para tantos urubus se ajeitarem com sossego ao largo do banquete, que eram corpos de bois e cabras em deterioração. No topo da pilha jazia o despojo de um boi magro, que tinha as curvas da costela bem proeminentes, ao que parece fora descartado ali havia alguns minutos, já que ainda escorria sangue fresco das feridas onde estavam fincadas três lanças. Os olhos abertos do bicho alargavam-se como se por efeito de um susto que nunca terminou. O vegetariano abanou a inércia do ar, fazendo vento e afugentando os urubus. Via-se obrigado a ajeitar ritual apropriado à condição do corpo vilipendiado. Teve atitude que na vida de antes lhe parecia impensável. A despeito do cheiro putrefato, postou-se bem em frente ao cadáver e fechou-lhe os olhos com gesto de reverência.

Para quem havia depositado ali todos aqueles corpos, não convinha prolongar trabalho de carregar peso morto, e por isso o vegetariano, dali onde estava, sabia que a arena não era destino de caminho tão esticado. De fato, a presença de uma parte diminuta dela já despontava no canto da área de visão. Não a tinha visto de início porque sua atenção se dedicava à cena imediata em que participavam urubus, sangue, moscas, lanças e defuntos de animais empilhados. O vegetariano também estava abstraído quanto ao som que chegava e o envolvia. Só o captou ao mirar a arena por inteiro, como se nesse caso o sentido da audição estivesse às expensas da visão. A união dos gritos formava ruído cortante que flutuava para fora da arena e evoluía com expansão pesada e lenta, assim como se movem nuvens de tempestade. O barulho impactou o vegetariano. Estava longe de ser deleite aos ouvidos ou energia apaziguadora da alma. Pela primeira vez durante toda aquela jornada, o vegetariano sentia estar amedrontado.

Nenhum planalto que desregulasse o solo retilíneo, nenhuma árvore, nenhum amontoado de arbustos, nenhuma flor, nenhuma construção feita pelo homem. O descampado de superfície lisa que se estendia pelo entorno da arena não tinha outra função que não a de exaltá-la em todo seu protagonismo de única e mais portentosa obra das redondezas. Jurandir Cartola era portador de sonho ainda não realizado. Não que a realização não estivesse a seu alcance. Se não tinha sido realizado era porque o sonho correspondia necessariamente a ocorrência futura. Projetava para tempo póstumo o reconhecimento estampado em placas e estátuas. Seu nome estaria para sempre associado à genialidade de quem concebeu obra-prima arquitetônica tão original. Imaginava até as minúcias do seu sonho. Os críticos da posteridade, embasbacados, escreveriam inclusive a respeito da primorosa ideia de instituir o entorno descampado. Ressaltariam a técnica bem pensada, dessas que só os homens à frente do seu tempo têm, de propiciar à arena o ar de soberania e o isolamento de ilha. Seria louvada a ideia de direcionar todo e qualquer olhar exclusiva e inevitavelmente para a arena. Mas o capricho não é coisa que se deixa domar pela paciência. A depender do grau de sua ansiedade, Jurandir Cartola podia a qualquer momento provocar a antecipação das homenagens. Mediante o soldo que areja pensamento e crítica, cogitava incentivar o trabalho de publicação a respeito do seu legado artístico. Até admitiria certa liberdade de estilo, desde que o texto se alinhasse aos termos da avaliação descrita acima, com especial cuidado para a inclusão dos mesmos adjetivos e advérbios. Enquanto não chegava a hora de ganhar menção em algum ensaio vindouro, o descampado, acessório do que se vislumbrava como fruto da sensibilidade arquitetônica de Jurandir Cartola, servia apenas como elemento de separação entre o vegetariano e a arena. Uns cinquenta passos eram suficientes para atravessá-lo. E lá estava o vegetariano novamente em correria.

Por volta do vigésimo passo, cruzou com dois homens apressados na tarefa de arrastar fardo infestado de lanças. Pela quantidade delas, aquele boi foi morto em teimosia. Era aviso de urgência. O vegetariano tentava alargar o comprimento de cada passo, enquanto notava na terra a trilha marcada pelo arrastar da carga pesada. Logo haveria alvoroço no refeitório de moscas e urubus com mais um componente a aumentar a pilha fúnebre dos descartados.

Aquela pequena distração deixou o vegetariano surpreso quanto à extensão do caminho. Quando se deu conta, já estava diante da arena. De tão próximos, os gritos da plateia causavam a sensação de quem está defronte ao trepidar de vulcão raivoso. A arquibancada exibia suas costas, erguendo-se até bem alto, e tamanha era a altura que o seu topo estava para os olhos do vegetariano assim como o rosto de um adulto está para a criança que engatinha no chão. O vegetariano censurou-se por estar impressionado, achava tudo aquilo muito bonito e tentava resistir ao arrebatamento que lhe fazia estar admirado com a engenhosidade da estrutura e o bom acabamento dos detalhes. Espaços entre os degraus da arquibancada deixavam ver a traseira dos espectadores. Na ponta dos pés, o vegetariano passou em revista todas as fileiras e assim continuou a fazer enquanto contornava a circunferência da arena. Queria encontrar um vão que fosse. Entre uma pessoa e outra, um vão que permitisse enxergar o que se passava lá dentro no palco. Mas não era fácil encontrá-lo em dia de lotação completa. Em determinado ponto, um corredor interrompia a continuidade da arquibancada. Era uma entrada. E também a saída, na ampla acepção da palavra. Sem titubear, o vegetariano entrou, mas quando já na metade do corredor um homem atarracado e de modos severos fez do próprio corpo bloqueio do caminho. Balançava o indicador em sinal negativo, alegando não haver espaço que mais gente pudesse ocupar.

— As pessoas lá dentro estão se acotovelando. Não cabe mais ninguém, a não ser que queira substituir os touros.

O vegetariano insistiu, fazendo menção de forçar passagem. Pensava estar em situação vantajosa, tanto na corpulência quanto na altura. Ocorre que o jagunço não tinha mais paciência para argumentação e, revelando quem por ali de fato era dono de alguma vantagem, acariciou o objeto pendurado na cintura. O vegetariano, nem sempre mau entendedor, afastou-se andando de costas e com as mãos espalmadas em rendição. Voltou a contornar a arena e encontrou outras entradas igualmente vigiadas por jagunços. Restava a ele dar continuidade à inspeção por detrás da arquibancada. Os traseiros justapostos lhe restringiam o alcance da visão. Isso de não achar sabedoria para o manuseio de complicações era exatamente sobre o que resmungava quando teve a atenção atraída por um dos espectadores. Era o único a fazer movimentos com tendência a se levantar. Levantou-se, pediu licenças e se retirou aos tropeços e esbarrões. Deixou para trás espaço vazio, a brecha por onde o vegetariano podia ver boa porção do palco. A testa enrugou-se, os olhos esforçaram-se em busca de foco, a boca abriu-se por força da estupefação. Era compreensível que as feições do vegetariano tenham sido dominadas por um aspecto abobalhado. Nunca haveria de receber suficiente preparação para se deparar com o grotesco da imagem em que Jurandir Cartola exibia as banhas apertadas pelo traje de toureiro.

Lá dentro, Jurandir Cartola regia a multidão. Com o movimento dos braços, desenhava parábolas imaginárias no ar. Era ocasião em que estava especialmente propenso a exigir aclamação em maior volume. Percorria toda a extensão do palco, e o entusiasmo do desfile não deixava criar indício de cansaço, ainda que, naquele dia de grande produtividade, Jurandir Cartola já tivesse dado fim a um amontoado de bois e cabras. A satisfação dos mais queridos prazeres é mesmo modo de preservar boa disposição.

Restava quase nada da tarde, e a chegada do anoitecer notava-se pela luz moribunda, que, deixada para trás pelo sol em debandada, definhava devagar. Mas já que era dia de inspiração além da média, Jurandir Cartola considerou caber ainda mais uma apresentação. Aproximou-se do curral instalado entre dois trechos de arquibancadas. Lá se aglomerava o vasto contingente de animais disponíveis à serventia do espetáculo. Eram bois em muita sobra. A boa festa é aquela que não poupa provisões. Para um deles em específico Jurandir Cartola lançou olhar de premeditação. Olhos grudados no bicho e gargalhada de doido davam forma a algum tipo de obsessão que não é permitida a todos entender. Jurandir Cartola apontou o dedo em direção ao escolhido, o que equivalia a uma condenação. Em obediência ao sinal, o boi foi encaminhado à liberdade traiçoeira de estar solto no palco da arena. À vista da plateia, o boi ensaiou alguns passos hesitantes como se estivesse a decifrar o ambiente de confusão. Depois, fincou as quatro patas no chão arenoso e se manteve na mais despropositada tranquilidade, em nada demonstrando ser o sentenciado que rumava ao sacrifício. Tinha o comportamento simpático dos ingênuos, tanto assim que alguma alma de maior sensibilidade saberia identificar que aquele semblante bovino sorria. E se somente aos mais idílicos era perceptível o sorriso do boi, a qualquer parvo, a qualquer sujeito que fizesse uso dos olhos pregados na cara era notório que o boi, sorrindo ou não, conservava hábito ininterrupto de ruminar.

Do lado de fora, o vegetariano estava agitado. Notou mudança na porção do palco que conseguia enxergar. Aquele agora era espaço preenchido pela presença de um boi. Aos pulos, o vegetariano buscava ampliar a abrangência da sua área de visão. E quando acertou em cheio o boi com o olhar, o vegetariano estremeceu dos pés à cabeça, numa mistura desatinada de contentamento e desespero. Sim, o vegetariano reconheceria Ludovico até pela fresta fina de uma porta. Para caso assim, seguiu-se reação natural, compreensível, mas em nada proveitosa. O berro, o chamado grave por Ludovico perdeu-se pelo caminho. Foi abafado pelos gritos da plateia.

Os apostadores aplaudiram a escolha ter recaído sobre animal corpulento e de musculatura firme. Nesses casos, a dificuldade do cálculo sobre a duração do boi dava maior emoção à disputa. Jurandir Cartola atiçou euforia no público. Queria mover-se carregado pelo ritmo dos urros. Cuidou bem disso e depois de atear fervura no ambiente passou a reservar atenção ao boi. Fez ronda em torno do bicho, examinando-o com o tipo de concentração que só existe no trato entre predador e presa. O vegetariano conseguia ver parte da cena. Via Ludovico, que estava vivo mas sem vida que lhe pertencesse. Levou as mãos ao enroscar dos cabelos. Pressentia tragédia. Ludovico ruminava indiferente à figura estranha que o rondava. Também a despeito do cerco de toda aquela convulsão circense, mantinha a serenidade mais adequada ao ambiente de campo aberto de pastagem. Na verdade sempre foi habituado a estar entre gente, até então os humanos eram seres divertidos que não lhe haviam dado razão para receios. Jurandir Cartola armou-se com uma das lanças. Feito cobra que faz suspense a respeito de quando aplicar o bote, postou-se ao lado de Ludovico e ficou imóvel por um tempo. Julgava-se mestre em manipular as tensões do público. Enfim, com um gesto rápido tratou de cravar em Ludovico a lança entre duas costelas do lado esquerdo. Fez-se alvoroço na plateia. Todos sabiam que era hora de aumentar o tom da vibração. A fúria do vegetariano explodiu como xingamento proferido com todas as sílabas muito bem pronunciadas. Ludovico tinha mesmo corpo de constituição firme. Embora uma fugidia linha de sangue escorresse pelo embrenhar sinuoso da pelagem, não deu sinal de ter se incomodado tanto. Sem deixar de ruminar, sua única reação foi a de se deslocar para outra posição do palco como se quisesse estar afastado do atacante. O movimento de Ludovico fez o vegetariano perdê-lo de vista. Jurandir Cartola ordenou que lhe entregassem outra lança e se encaminhou lentamente para onde estava Ludovico. O vegetariano sentia-se às cegas, não conseguia enxergar a metade do palco em que agora estavam Ludovico e Jurandir Cartola. Enquanto se aproximava de Ludovico, Jurandir Cartola fazia da lança uma bengala, dando forma à pose pomposa que tanto lhe era costumeira. Abriu sorriso de mostrar os dentes, mediu a distância, mirou o alvo e, dessa vez com lentidão angustiante, fez penetrar em Ludovico a lança no espaço entre duas costelas do lado direito. Jurandir Cartola bafejou suspiro de deleite. Era cabimento para vibração do público. A elevação repentina do alvoroço levou o vegetariano a criar suposição quanto ao que ocorria no cenário interdito. Assimilando maior incômodo, Ludovico já não tinha resistência inabalável. A necessidade de estar esquivo ao disparate o fez regressar em percurso inverso até o ponto de onde anteriormente havia se afastado. Acusava desconforto ao se deslocar com passos mancos. Estava agora outra vez enquadrado na parte do palco que o vegetariano conseguia enxergar.

Por dentro uma agonia preencheu vazios e se inflou até querer estourar quando o vegetariano notou que Ludovico carregava uma segunda lança espetada no corpo. Questionava a si mesmo onde tudo aquilo ia parar. Se o futuro pudesse antecipar resposta, o vegetariano saberia que não tardava nem cinco minutos até se revelar ocorrência da espécie que gruda na memória, para sempre não havendo meio que a faça desgarrar.

Jurandir Cartola já tinha nas mãos a terceira lança. Renovou perseguição a Ludovico, mas interrompeu a marcha antes de se aproximar. Via algo que merecia contemplação. Apreciava ter dado simetria às lanças que perfuravam o couro de Ludovico. Espetadas cada qual em um lado do corpo, estavam alinhadas com perfeição, o que levou Jurandir Cartola a pensar que, se todos ali certamente viam um boi espetado, ele, homem de visão adiantada, vislumbrava animal alado portador de asas cilíndricas. Deu de ombros. Ninguém o entenderia, ninguém estaria habilitado a subir até a altitude de suas ideias. Após refletir sobre as nuances da concepção artística, Jurandir Cartola ajeitou o colete da roupa de toureiro e fez avançar o espetáculo. Mãos aos cabelos, lá fora o vegetariano andava de um lado para o outro feito fera enjaulada. Voltou ao posicionamento em que via parte do palco e lá estavam Ludovico e Jurandir Cartola compartilhando proximidades. A terceira lança era a opção dos apostadores que gritavam o nome de alvos fatais: coração, pescoço, garganta. Jurandir Cartola, estudando destinação para a lança, parou em frente a Ludovico com pose de esgrimista. Houve instante em que os dois jogaram olhos uns contra os outros, e nesse relance de olhares encontrados, o que pensaram se tornou segredo perdido. Ludovico, por toda a vida tão habilidoso na prática da ruminação, agora tinha os movimentos da mandíbula em defeito. A mastigação era só bagunça e lerdeza. E enquanto o ritmo da ruminação diminuía, o importuno da dor aumentava. Tudo isso acontecia porque Ludovico experimentava processo de estar morrendo. Nem assim se deixou cair no desespero. Fosse por pureza de personalidade ou otimismo de acreditar na melhora da dor, Ludovico era espécime que controlava bem os nervos. Mas aí estava uma armadilha. A inocência de Ludovico era despertador eficiente para cutucar ódio adormecido. O castigo viria logo.

 Ludovico estava imerso na placidez que o fazia comportar-se como de hábito. Nunca foi de contrariar suas vontades e não seria diferente quando os intestinos deram aviso de arremate. E então fez o que sempre fazia com muito gosto. Acionou mecanismo de levantamento do rabo e, sentindo alívio de retirar de si o que se acumulava em sobras, deixou escapar a saraivada de bosta consistente, úmida, esverdeada e bem esculpida no formato de bolotas macias e numerosas. Ao cabo da obra, um basto e piramidal monte de bosta se exibia sobre o chão poeirento.

 Jurandir Cartola partiu da incredulidade, passou pelo espanto e chegou à indignação. Bicho algum havia dado causa a tamanha insolência. Templo imaculado de glórias, santuário de emoções e menina dos olhos de quem a botou de pé com tanto capricho, a arena nunca havia sofrido vilipêndio naqueles moldes de desrespeito profanador. Uma força apoderava-se de suas ideias, os olhos se acenderam em brasa, a expressão ganhou traços diabólicos que meteriam medo até em quem se julgasse destemido. Jurandir Cartola já não era pessoa, constituía-se apenas da energia furiosa que governava desde a sutileza até a brusquidão dos movimentos. Contornou Ludovico com a determinação dos decididos. A mão alisava o pelo áspero, percorrendo a anca do animal até encontrar o rabo. Enquanto uma das mãos segurava e levantava o rabo, a outra ajustava a pontaria da lança. Congelasse a cara de Jurandir Cartola, seria vista feiura sem igual. A cara feia sempre antecede um ato de violência. E foi com um golpe raivoso de vingança que Jurandir Cartola enfiou a lança no lugar por onde o insulto excrementoso havia sido evacuado.

 A língua saltou em mergulho de fuga e um mugido se estendeu feito uivo. Era a forma de Ludovico gritar sua dor. Em ato de sincronia, todos os espectadores se calaram de imediato. Podiam-se ouvir as respirações e o passeio do vento. Rostos se encararam assustados. As feições das pessoas assumiram forma de enormes pontos de interrogação. Havia falta de entendimento quanto ao espetáculo ter tido roteiro alterado. Até os apostadores interromperam as elucubrações. Lá de fora, o vegetariano não chegou a ver a inteireza do acontecido. Havia deixado os olhos ao esconderijo das mãos espalmadas como jeito inconsciente de evitar a cena de horror. Porém o tanto que viu foi suficiente para a fervura da revolução. O coração do vegetariano despejava pulsação rápida a ponto de quase se esgotar em esforço além da conta. Na falta de alguém que já havia tempos lhe pudesse sacudir os brios, ele mesmo exigiu de si medida de urgência. Sem olhos tampados e respirando em falhas, reclamou consigo mesmo: "Faça alguma coisa, homem".

 O vegetariano novamente percorria o entorno da arena. Desde que não pesasse sobre seu ombro a pecha de sujeito acovardado, a partir de então pouco importava o que lhe podia acontecer. De fato estava disposto a não medir consequências e por isso se atirou ao impulso da invasão, mesmo se fosse preciso atracar-se com jagunço qualquer ou mesmo se houvesse o perigo de oferecer a desproteção do corpo à senda certeira de disparo de bala. Embrenhou-se afoito pelo corredor de acesso e logo viu se repetir a aparição de sentinela a negar-lhe passagem. Dessa vez, sem os pormenores da argumentação, o vegetariano tratou de empurrar o jagunço para longe do seu caminho. O empurrão fez os dois se afastarem coisa de cinco passos. Lá da outra ponta da distância, o jagunço sacou o revólver com preparo de atirar. Como mágica, outro jagunço surgiu de repente e com movimento providencial das mãos desviou a direção do braço armado. Ao mesmo tempo, advertia que por ali morte de gente era problema a se evitar e que tinha melhor ideia para o caso. Estalou dedos erguidos e logo já eram cinco capangas a cercar o vegetariano. As tarefas foram muito bem divididas. Enquanto um deles cuidava da imobilização, os demais distribuíam hostilidades. Um soco no estômago, um soco na cara, outro soco no estômago, outro soco na cara. Já os pontapés se deram aleatoriamente assim que o vegetariano, tossindo cuspes de sangue e desabastecido de fôlego, foi solto ao encontro do chão. Depois, trapo rastejante, o vegetariano passou a ser carregado pelo entorno da arena. Um dos jagunços, o que parecia ter voz de liderança, determinou, pelos fundos, a abertura do curral em que ficavam os animais reservados à participação do espetáculo. Lá dentro lançaram o vegetariano assim como o fariam com um saco de estopa. Enquanto os jagunços se retiravam, um comentário sobrelevou os sorrisos jocosos.

— Deixem o sujeito por aí, que é para não causar mais arruaça. Tanto quis participar da festa que agora conseguiu um lugar privilegiado.

Lá dentro da arena, o silêncio incomodava Jurandir Cartola, que passou a exigir do público a retomada da vibração. Em seguida, novamente reservou tempo para contemplar a simetria das lanças fincadas em Ludovico. Duas em cada lado do corpo e uma atrás. Apenas mais uma lança na parte da frente formaria a perfeição da simetria quadrangular. Ocorreu a Jurandir Cartola uma epifania. Previu estar próximo de terminar seu melhor desempenho. O primor da obra artística sem precedentes dependia do golpe de misericórdia a se perder enterrado no peito de Ludovico. Ao providenciar a quarta lança, Jurandir Cartola encheu-se de excitação. Chegava a salivar. Aquilo tudo era sede desajustada. Quanto mais saciada, mais cobrava reposição.

Naquela altura, Ludovico já nem dava conta da ruminação. Equilibrava-se sobre as pernas enfraquecidas, cambaleando em busca de refúgio impossível. Era de dar pena que não pudesse nem sequer se iludir com miragem de salvamento. Pela experiência, era sabido que a debilidade faria Ludovico restar imóvel. Quando isso aconteceu, Jurandir Cartola pôs-se na dianteira do seu alvo. Ludovico e Jurandir Cartola voltaram a se encarar. As pernas rechonchudas se moviam para trás. Andando de costas, Jurandir Cartola tomava distância. Em determinado ponto estancou os passos. De longe, via Ludovico diminuído.

Estirado no chão do curral, o vegetariano tinha visão embaçada, e ali, nivelado ao solo barrento, o que conseguia ver era a floresta de pernas reunidas em prejuízo da vazão dos fachos de claridade. No coliseu de Jurandir Cartola, os bastidores não motivavam bom ânimo. Os bois estavam amuados e nem sequer criaram curiosidade com a presença do humano misturado entre eles. A derrota parecia não ter recato de se mostrar tão escancarada, era olhar para o vegetariano e lá estava ela, reconhecível e exibida. O próprio vegetariano já admitia estar derrotado em definitivo. Mas, quando em pensamento pedia desculpas ao pai e ao avô, surpreendeu-se com o piscar de uma ideia. A improbabilidade, essa condição de estar sempre arredia, às vezes tem seus caprichos de dar as caras na circunstância que bem entender. Sim, na quase definição do fracasso, envolto pela lástima e ao rés da vastidão de cascos de boi, o vegetariano tinha ainda restinho de chance.

Com sofrimento dos ossos e músculos moídos, o vegetariano levantou-se de um jeito que era como se ainda estivesse em idade fresca e tentasse estar de pé pela primeira vez na vida. Ao suspender a camisa, deixou à mostra a cinta de couro envolta no quadril. Sacou o facão da bainha e o ergueu até o limite onde o braço podia espichar. Para efeito de anúncio, o vegetariano arrancou um grito da garganta, um grito de guerra. Houve o primeiro boi que não se fez de indiferente, procurou a direção do vegetariano e esbugalhou os olhos ao reparar que o derradeiro raio de sol daquele dia era refletido pela lâmina de um facão. A visão de assombro lhe deixou inquieto. O segundo boi, o terceiro, o quarto, o quinto e depois os outros, em sequência, lançaram a mira dos respectivos olhos até o facão erguido. Havia falta de espaço para a soma de tanta inquietação. Cada espécie conhece bem o que particularmente lhe é fatal.

Sem comando sobre o funcionamento degradado do corpo, a Ludovico não restava muito mais do que desejar a abreviatura de tudo, inclusive da própria existência se só assim fosse jeito de lhe acabarem as dores. Mesmo nessas circunstâncias de agonia, dava mostras de sua nobreza ao não baixar a cabeça, mas manter a cabeça erguida significava deixar peito aberto, o que, já sabemos, estava longe de ser bom negócio.

Era pura zombaria Jurandir Cartola raspar o chão com um dos pés como maneira de imitar a peculiar nervosidade dos touros. Fez isso repetidas vezes e com exagero de duração. Queria prolongar a sensação de se achar divertido. Depois fechou a cara, recolheu-se concentrado e alinhou a lança em posição de ataque. Por debaixo da roupa colada, o melado de suor banhava o corpo inteiro e trazia centelhas de arrepio. Jurandir Cartola nunca antes se sentiu mais eufórico. Era hora de conduzir o espetáculo ao ato final.

O vegetariano brandiu o facão no alto, fatiando o nada, rasgando-o em círculos. Em coreografia lenta, todos os bois se afastaram para trás, queriam distância do objeto maldito. Jurandir Cartola fez Ludovico de pontaria e começou a correr. Por sua própria conta, a plateia prendia atenção ao espetáculo e já quase não se manifestava. Havia agora interesse genuíno pelo que estava para acontecer com Ludovico, espalhando-se inclusive torcida em favor da sobrevida. Os bois amontoaram-se, espremeram-se, empurraram-se e deslocaram-se, em bloco bem aglutinado, até a resistência das ripas da cerca. Ludovico não fechou os olhos ao perceber a presença cada vez mais aproximada de seu algoz. As ripas de madeira, mesmo que fossem feitas de ferro, não suportariam a prensa de corpos cuja reunião se media em toneladas. A cerca entortou até estourar e, tal como comporta arrebentada, deu passagem à represa de bovinos em pânico. Os animais nunca souberam que em conjunto tinham o poderio da força de manada, aquela que tudo arrasta pela frente. O público se assustou ao perceber a fuga, fez-se coro de sobressalto. As pessoas refletiam sobre como poderia ser possível a transformação de bichos invariavelmente submissos em avalanche de motim. Enquanto corria, Jurandir Cartola empunhava a lança com garra de combatente e a segurava com tamanha força que as veias das mãos avolumaram-se em formato de rios caudalosos irrigados por afluentes. A boiada em correria ganhou todas as direções. Houve aqueles que subiram atabalhoadamente pelos degraus das arquibancadas. Espantados, aos gritos, aos empurrões e pisoteando-se uns aos outros, os espectadores comportavam-se no ritmo do salve-se quem puder. Houve também os bois que invadiram o palco da arena. Seta e alvo estavam por se encontrar. Ao alcançar o espaço dos últimos metros que o separavam da sua obra de asas cilíndricas, Jurandir Cartola atravessou a divisória a partir da qual se iniciou efeito de mergulho fundo, em que de hora para outra o som ambiente se cala. A não ser o barulho das batidas de um coração ansioso, o redor lhe era mesmo mudo e nada era interessante de se ouvir. Assim como os casos de vida ou morte, neste caso mais morte do que vida, tudo o que importava se resumia a manter como mira o peito de Ludovico. Pelo tempo de um estalo, homem e bovino se encararam pela última vez. Não fosse a obsessão, Jurandir Cartola já teria notado havia mais tempo que a seu lado se agigantava um vulto. Interrompeu a corrida, virou-se e foi o tempo exato de manobrar desvio do boi que vinha a toda. Não fosse pela distração de se perder no pensamento de que era rei em movimentos de reflexo, Jurandir Cartola perceberia que ao desviar de um boi havia invadido o caminho de outro. Dessa vez o tempo lhe faltou, como também lhe faltou a oportunidade que às vezes, dizem, é especial ao momento imediatamente anterior à arrebentação do fio da existência, aquela de recapitular a vida toda em um instante. O que enxergou por último foi um borrão. O choque teve estrondo de trovoada. A lança e o chapéu de toureiro deram piruetas no ar. Por uma fração de segundo, o corpo roliço de Jurandir Cartola levitou. Mas se a tudo que sobe a gravidade impõe descida certa, maior prejuízo coube à primeira parte do corpo a ter encontro livre contra o duro do chão. Sem amortecimento, atenuante ou amenidade, a cabeça de Jurandir Cartola rachou feito coco que vem de queda alta. Muito rápido e os cabelos, os que contornavam a calvície de topo, já estavam inteiramente ensopados de sangue. Movido pela mais espavorida das velocidades, o boi responsável pelo atropelo seguiu a esmo, sem ter mínima noção de que havia se transformado em herói da sua espécie.

O caos ainda insurgia por todos os cantos da arena. Ouvia-se o continuar dos gritos, que se misturavam aos mugidos, que se misturavam ao estalar das refinadas tábuas das arquibancadas. Os apostadores se reuniram em torno da cumbuca abarrotada de apostas. Tinham zelo de protegê-la como se estivessem a esconder do perigo alguma criança mirrada. Eis que então uma onda de tumulto chegou ligeira e arrastou o homem velho que protegia a cumbuca com a largura de um abraço. Tantos os empurrões e lá foi a cumbuca aos ares. Caiu partida em cacos, fazendo ventar e chover notas de dinheiro. A confusão permanecia, mas com alternância de causa. Todos se esqueceram do perigo que era estar na rota de boi alucinado e passaram a se estapear enquanto garimpavam o que de maior valor podiam acumular. Está provado que a vontade de enriquecer, mais que a vontade de manter sobrevivência, é o maior dos instintos humanos. Bem à maneira deles, os jagunços a princípio consideraram a ideia de restabelecer a ordem com socorro da pólvora, do fogo, da bala. Até engatilharam armas e fizeram os bois de mira, mas a inquietude dos alvos e a presença de gente em correria de lado para outro forçaram prudência. No meio do tumulto, os jagunços esperavam descobrir o que fazer. E descobriram o que fazer quando viram o brilho de papéis esvoaçantes. Tinham vantagem e pretendiam usá-la na disputa pelo dinheiro das apostas. Tudo isso se passou enquanto Jurandir Cartola demorava-se estendido no solo da gloriosa arena. Estava desacordado e por isso não sentiu dor quando mais outros animais, igualmente dominados pela pressa desvairada, não distinguiram, com o pisotear dos cascos, o que era chão do que era gente. Passaram, esmagando-lhe a barriga e desfigurando-lhe a cara.

No meio da multidão, o vegetariano era elemento alheio ao alvoroço. Vez por outra dava de cara com um rosto assustado ou com a presença de boi sem direção, o que para ele não passava de circunstâncias da paisagem. Só o que queria mesmo era ter resultado em seu esforço de busca. Mas já que agora o pensamento era terra fértil para brotarem ideias, não custava chamar o raciocínio à tona. Claro, Ludovico não era boi de boiada, foi muito bem criado e teria a esperteza de se livrar dali ao menor sinal de oportunidade. O vegetariano então acompanhou a dispersão tumultuada das pessoas que saíam da arena. Lá fora, no descampado, vasculhou toda a extensão do horizonte. Encontrou o que procurava e imediatamente um nó, desses que não desatam fácil, preencheu-lhe a garganta por inteiro.

Ludovico foi até o longe, até o mais distante que seu andar capenga conseguiu se afastar. Estava sentado, muitos fiapos de baba esticavam-se da boca ao chão, a respiração era gangorra de ligeireza e ausência, o mugido saía desafinado e expressava forma de deixar protesto contra o mundo. O vegetariano chegou afobado, mas a cabeça de Ludovico fez movimento de repulsa, não admitindo maior aproximação. Nunca é tarde para aprender que isso de se meter com a humanidade não é coisa que traga boa sorte. O vegetariano compreendeu o ato de revolta e passou a portar-se com gestos de pisar em ovos. Controlando a impaciência na rédea, esperou a reparação da confiança.

A maneira de afagar a pelagem servia de preparação para medida grave. Depois, sem mais tempo a se poder gastar, o vegetariano, com jeito minucioso de artesão, começou a puxar de dentro de Ludovico uma das lanças, e todo movimento, por milimétrico que fosse, provocava um mugido de dor e de dar dó. Como se sabe, e é bom repetir, o vegetariano entendia de cortes fatais, porém, transitando de um extremo ao outro, agora tinha à frente o desafio de lidar com o contrário, que era conter o estrago das feridas e evitar avanço do mal maior. Primeiro retirou a do lado esquerdo, em seguida a do lado direito e por último a de trás, que exigiu maior dificuldade. Enfim, sem lanças a furarem-lhe o corpo, Ludovico voltou a ruminar.

Na noite escura de teto sem estrelas, o vegetariano caminhava incomodado por grande desconforto. A camisa estava manchada de suor, sangue, terra, barro e nela se prendiam punhados de carrapichos. Também havia manchas de urina e bosta de boi, que, extrapolando a condição de serem marcas da imundice, faziam pairar fedor no derredor. Com movimento instantâneo dos braços entrelaçados, o vegetariano desvestiu-se da camisa e a atirou para muito longe aos cuidados da escuridão. Assim o fez como se quisesse se livrar do dia vencido. Do jeito que conseguia, lento e desconjuntado, Ludovico vinha logo atrás do vegetariano. Desta vez não havia corda que ligasse um ao outro. O que unia os dois não era acessível aos olhos.

Parte 2

13

— Pitágoras?

A pergunta equivalia a um pedido de confirmação, mas nem sequer precisaria ser pronunciada. O questionado nome, sim, estava escrito em letra legível e em tamanho razoável no espaço da carta reservado ao remetente. O que ocorreu foi uma daquelas escapulidas em que a palavra se solta da boca tão rápido quanto o próprio pensamento. Ao registrar a carta, o funcionário dos correios não disfarçou ter achado muito engraçado que o homem bronco à sua frente carregasse nome de baluarte da sapiência, o nome daquele grego a quem não era bastante ser filósofo, espremendo o tempo para caber exercício de se debruçar sobre a combinação de tantos números e ainda inventar o teorema batizado com seu nome, também sendo ele, sabemos agora, homônimo ao remetente da carta.

O dono do nome clássico projetou-se para a frente e, em silêncio, deixou a expressão facial falar por si o que poderia ser traduzido como "Sim, e daí?!". Quando esteve sob a artilharia dos olhos fulminantes que não transigiam com a deselegância, o funcionário dos correios se arrependeu de ter dado à língua tamanha liberdade. O que faltava em Pitágoras de sofisticação sobrava no avantajar dos músculos.

Depois de ter postado a carta, Pitágoras sentiu alívio, mas de algum modo também se sentiu incompleto. Um pedaço dele estaria errante pelo tempo em que o conteúdo da carta não provocasse resultado. Simultaneamente a esse devaneio, notava avisos e propagandas colados pelas paredes dos correios. Um deles, o cartaz de maior tamanho, pareceu conveniente à exigência de desforra que vinha maturando na ocupação dos pensamentos mais recentes. Abaixo do emblema da prefeitura de Contagem das Uvas havia o dia, o horário e a descrição do evento. Pitágoras tomou nota na memória e confidenciou para o vazio:

— Então domingo é o dia...

Pitágoras ganhou a rua e por lá havia quem o aguardasse. Aprumado, disposto e ruminante, Ludovico em nada lembrava a criatura que nas semanas anteriores esteve a atravessar a corda bamba estendida sobre o abismo de queda sem fim. Por dias e noites permaneceu sentado enquanto efusões de substâncias ardentes lhe eram aplicadas por dentro das feridas abertas. Travou combate contra a infecção entranhada em suas carnes e, enfim, venceu. Ludovico nunca mais voltou a evacuar bosta sanguinolenta e no dia em que conseguiu ficar de pé recebeu de Pitágoras um abraço e uma espiga de milho.

Em Colheita das Uvas, os domingos faziam tributo ao silêncio. Não qualquer silêncio mitigado em que há a intermitência de ruídos ou latidos de cães, mas o silêncio puro, agudo, de cidade fantasma. Nesse dia da semana, as pessoas nem sequer colocavam a cabeça para fora de casa. Tinham medo de serem contaminadas pela atmosfera de tristeza que o ambiente mudo bafejava pelas ruas. Porém um domingo haveria de chegar com jeito de exceção. Enquanto não chegava, todos cobravam presença uns dos outros, marcavam pontos de encontro e contavam os dias, maldizendo os quadradinhos do calendário muito à semelhança de como se comportam meninos e meninas às vésperas do Natal. Pois então o domingo chegou. Embaixo do céu luminoso de fazer da mão marquise sobre os olhos, Colheita das Uvas preencheu-se de gente vestida com roupas sorridentes. Muitos pescoços carregavam mancha úmida do borrifar de perfumes, colônias, loções, tudo isso que sobe aos ares e espalha cheiro de festa. Juntaram-se punhados de gente com deslocamento parecido ao de romaria. Houve quem fosse a cavalo ou conduzido por carroça. O destino de tanto povaréu eram os confins da cidade. O prefeito Nicodemos Bermudes, admissão seja feita, saía-se bem com sua habilidade de estrategista. Se aos domingos em Colheita das Uvas não se tinha nada a fazer senão alimentar tédio e preguiça, aí estava o melhor dos dias para atrair audiência inflada. Anos teriam passado, e qualquer morador de Colheita das Uvas ainda saberia detalhar algum trecho de história ocorrida no domingo de inauguração do pórtico da cidade.

Quando alcançavam o lugar do evento, as pessoas eram capturadas pela música que as induzia a movimentar o corpo e a ter na boca os lábios se encontrando vezes e vezes em acompanhamento à cantoria. O que também fazia recepção era o cheiro de grandes pedaços de batatas imersos em fritura. Mas não era o único cheiro, apenas o mais intenso a encobrir outros tantos, como o de bolinho de mandioca, salsichas e feijões sortidos. Sem cheiro que as anunciasse, as garrafas de bebidas nem por isso deitavam em descanso por muito tempo. E assim era porque festa de verdade é aquela que saiba fartar os estômagos e molhar as goelas. Já próximos ao pórtico, os olhares captavam impressão de exagero. Era muito tamanho servindo a pequena passagem. O pórtico devia boa parte de sua magnitude à tela instalada acima dele. A tal tela tinha as dimensões das de cinema, era protegida por moldura de concreto e recebia cobertura de telhado em fileira. Uma cortina de pano a cobria por inteiro, mantendo segredo bem escondido. Além da música, da comida e da bebida, matar a curiosidade também era atração do evento.

Lá pelo meio da multidão, Pitágoras e Ludovico caminhavam misturados à algazarra das crianças. E aqui há comprovação a respeito da capacidade de sublimação da alma bovina. Outra vez submetido ao burburinho de gente, Ludovico não trazia trauma nem tampouco rancor que fizesse morada nos nervos, e por isso se via restaurado o costume de fazerem subir os pequenos à garupa do bicho com a diferença de haver maior cautela quanto a evitar esbarrão nas feridas ainda em trabalho de formar cicatriz. Enquanto a dupla se achegava, Pitágoras via muitos rostos e fazia reconhecimento de alguns deles. Acenou para o padre Olímpio, para a vizinha que maculava cartas, mas, quando se deparou com Malu Vulcão, fez-se de distraído sem contudo deixar de investigar nela alguma protuberância na barriga. Já Ludovico, nessa altura, ocupava-se em ruminar restos de milho verde. Entre difusão de vozes, Pitágoras ouvia migalhas de notícias e percebia assunto comum a todas as rodas de conversa. Falava-se sobre a noite em que houvera uma morte de destaque. A Pitágoras interessava saber detalhes, então por isso se aproximou da roda de conversa em que Anacleto era voz única e reunia todas as atenções. Façamos o mesmo, emprestando a narrativa a quem o costume trouxe destreza em divulgar o desfiar dos acontecimentos:

— Foi mesmo um acidente terrível. Soube que os bois amassaram a cara dele como se estivessem limpando os pés, igualzinho ao jeito como fazemos antes de entrar em casa. Sim, trágico, muito trágico. Levaram Jurandir Cartola para a capital. Lá entupiram o sujeito de aparelhagem, porque o organismo já não sabia funcionar. Então ficou assim: meio morto, meio vivo. Até que ele foi resistente e ficou um tempo agarrado a um fio de vida imprestável, mas depois de alguns dias a teimosia se espatifou. E sabe-se lá quanto tempo ainda aguentaria não fosse o enguiço na aparelhagem. Isso foi o que disseram ter ocorrido. Jurandir Cartola morreu afogado de ar. No dia seguinte a família já tocava os negócios, e os bens do falecido tinham partilha ajustada. Tenho pra mim que essa coisa de aparelhagem de hospital enguiçar seja coincidência planejada. Já diziam os antigos: quando o leão tomba, as hienas vêm logo lhe tirar a comida.

Pitágoras ouviu o relato de Anacleto sem dar mostras de emoção. A quem quisesse arriscar palpite não seria fácil adivinhar o que se passava por trás daqueles olhos fixos. Nem o extremo da comemoração, nem o extremo do remorso, nem o intermédio da chancela, mais próxima da verdade era a opinião que levasse em conta a frieza, a simples frieza de quando se toma ciência de notícia qualquer. Impassível, Pitágoras recarregava a ruminação de Ludovico com outra espiga de milho. Enquanto isso, Anacleto dava conta de pular de assunto e bem poderia continuar espalhando acervo de mais outros casos não fosse interrompido pela explosão de uma voz amplificada pelo microfone. O som da banda de música foi encolhendo de um jeito desordenado até silenciar por completo. No palanque instalado ao lado do pórtico, o locutor de fala efusiva prometia que o melhor da festa estava por vir. Com a mão que tinha em sobra, dava pequenos socos no ar para reforçar o entusiasmo do anúncio tido como estimulante do orgulho de pôr o peito estufado. O locutor vestiu palavras com roupas emperiquitadas como maneira de preparar o espírito do público para o discurso do prefeito Nicodemos Bermudes. Como se vê, nem toda festança é feita inteiramente de contentamentos.

    O palanque encheu-se de personalidades e era preciso manter posição de braços contidos de modo a acomodar o tanto de convidados. Lá estavam padre Olímpio, os vereadores, o juiz, o delegado e também o presidente da associação dos carroceiros de Contagem das Uvas. Atendendo à ordem de importância estabelecida aos moldes de cerimonial, depois subiram ao palanque Guido Lustosa, o artista de talento e bolso fartos, e, por último, em meio ao séquito de assessores, o prefeito Nicodemos Bermudes. Foi nesse momento que o público, contado em milhares, presenciou a sutileza de uma transformação. O que era festa ganhou corpo de solenidade. Era hora de fazer serviço caprichado e então o locutor aumentou o tom da animação, incitando aplausos e destacando, seguidas vezes até estar bem próximo de incomodar paciências, que a festa não seria possível sem a dedicação e a competência do prefeito. Nicodemos Bermudes esticou os braços em cumprimento e depois os envolveu em torno de si, como se estivesse a abraçar cada cidadão contagense. Era de cortar o coração dos mais impressionáveis. Em seguida recebeu o microfone do locutor e desobstruiu a garganta com pigarros transmitidos ao ouvido de todos. Um dos assessores cuidou de lhe deixar à mão o papel de anotações como precaução para o caso em que as palavras escapassem da cabeça. O nariz quase chegava a esbarrar no microfone. Mais pigarros e então o prefeito estava pronto para discursar. É de amplo conhecimento que discursos desse tipo são impregnados de chavões. E se o assunto é chavão, a narrativa é mais uma vez molestada pela aparição de frase feita, a qual, caso aqui sua participação fosse permitida, sairia a querer dizer mais uma vez que o pronunciamento do prefeito era conversa para boi dormir. Sendo assim, por gesto de generosidade, o que foi dito na sequência dos pigarros bem poderia ser suprimido, mas se impõe circunstância legítima de mal necessário. É que na vastidão de obviedades pode ainda haver o pouco que se aproveite. Então, com a palavra o prefeito Nicodemos Bermudes:

> Querido povo de Contagem das Uvas. Antes de tudo, quero prestar homenagem à memória do visionário, empreendedor e amigo Jurandir Felício Peixoto, o empresário que tanto contribuiu para o desenvolvimento da nossa cidade e que agora nos deixa carentes da bravura só pertencente a poucos predestinados. Foi-se o homem, mas o exemplo de honestidade, de honradez e o respeito com o qual se dirigia a quem quer que fosse, esses são os símbolos do que permanecerá imorredouro na lembrança coletiva. Desde já, é meu compromisso providenciar junto à Câmara Municipal a devida homenagem. Em breve, uma das ruas da cidade receberá o nome ilustre de Jurandir Felício Peixoto. Mas deixemos a tristeza de lado, porque hoje é dia de festa. A inauguração do grande portal de Contagem das Uvas é uma conquista que divido com todos vocês. Em sua categoria, não há obra que se compare. Nosso portal é o mais alto, o mais largo, o mais original de toda cercania. O letreiro receberá iluminação especial, e assim o nome da cidade estará visível também na escuridão da noite. Agora olhem

para cima do portal. Daqui a alguns minutos, aquele painel gigantesco terá seu conteúdo à mostra. Ali por trás da cortina se esconde uma surpresa. Quando revelada, não tenho dúvida, inundará de encantamento o coração de todos nós. Ali por trás da cortina está a potência criativa de Guido Lustosa. Para quem não ligou o nome à pessoa, trata-se do mais consagrado artista deste país inteiro. Vejam que ele sorri desconcertado, a modéstia o obriga a discordar, mas esse homem é, sim, o melhor, é dono de talento reconhecido e premiado inclusive no exterior. Digam então se as cidades vizinhas podem se dar o luxo, como nós podemos, de exibir, a quem chega e a quem sai, uma obra-prima em tamanho colossal e assinada por ninguém menos que Guido Lustosa. Orgulhem-se meus queridos cidadãos de Contagem das Uvas. Enfim, a todos que depositaram confiança no meu trabalho, entrego a grande obra do pórtico de Contagem das Uvas. Vocês a merecem. Agora continuem aproveitando a festa. Muito obrigado.

Do modo como exposto, assim encalacrado no feitio de palavra escrita, o discurso acima aparentou ter tido fluência de levada breve e objetiva, mas ao encaixar no lugar de cada ponto final a salva de palmas estimulada pelos assessores do prefeito, aí se tem a duração em sua real medida de alargamento. Admitida certa espontaneidade, os aplausos se esticaram um pouco mais quando se referiam a Guido Lustosa. Em terra desfavorecida de novidades, a visita de forasteiro famoso despertou agrado, quase uma sedução, levando em conta a impressão de que o visitante tenha cumprido o ritual de gentileza ao oferecer mimo tão requintado aos anfitriões. Naquela festa quase ninguém precisava saber que, em troca do mimo, ao artista coube o pagamento de quinhentas mil pratas, muito menos precisavam saber que em verdade o contrato previa o pagamento de setecentas mil pratas, do que se conclui que a diferença de duzentas mil pratas serviu a recompensar o gosto refinado do prefeito. É difícil supor se a simpatia teria continuidade caso os meandros e os números exagerados da negociação se expandissem ao conhecimento de todos. Certo mesmo é que os olhos que não se põem a saber enxergar poupam aborrecimento ao coração.

Já era momento de descortinar o painel de Guido Lustosa. Ao locutor faltaram apenas as cambalhotas. Andava de lado a outro no espaço restante do palanque, gritava, dizia-se emocionado. Por fim pediu à banda o rufar de tambores. A conversação, os risos, a mastigação das guloseimas, tudo parou. Só o que demorou em barulho foi o tarol rufante e desse jeito persistiu ativo por bom tempo de modo a fazer crescer suspense. Quando parou, houve silêncio de só se ouvir o canto longínquo das cigarras. Atenções retidas. A cortina desceu devagar feito vestido que cai desnudando o corpo. Afinal, exibia-se revelado o teor da obra-prima. Lá estava o que era o símbolo da cidade na concepção de Guido Lustosa. A onda de burburinho correu pelo povo. Alguns aplaudiram de pronto, outros permaneceram em pose de apreciadores da arte, estavam absortos a quererem analisar a profundidade de cada traço do artista. Lá no palanque, Guido Lustosa respirava fundo, sentia o alívio dos que levam uma missão ao fim. Não fazia questão de disfarçar quanto de orgulho preenchia a altivez dos braços cruzados, do corpo ereto e do semblante vitorioso. Mas ali mesmo naquele palanque havia uma pessoa de quem a vitória se afastou a passos largos. Quando o prefeito Nicodemos Bermudes pôs os olhos no painel já à mostra, o sorriso que vinha largo e abundante se economizou e se tornou sorriso com cor de carne de manga. A decepção fez a cara se contorcer em rugas. A cabeça, caldeirão em borbulha, cozinhava pensamentos de transtorno. O prefeito lamentava não ter sido suficientemente incisivo na recomendação de que a obra, de alguma forma, deveria fazer reverência a ele. Ou que fosse ao menos referência. Nem o desenho do busto, nem o nome escrito no fundo de uma paisagem retratada, nem as iniciais no canto da tela, nada, até vasculhando com lupa, nada ajudava o intento de eternizar a imagem do prefeito. E pensar que gastou horas, durante dias, durante meses, formulando na mente adivinhação sobre o resultado do que seria a Capela Sistina dos trópicos. Nos sonhos do prefeito, passariam décadas e as pessoas saberiam reconhecê-lo incorporado à longevidade da arte, fazendo transmissão do significado às gerações futuras, perpetuando conservação do mito. Expectativas a pique, restava a Nicodemos Bermudes retirar os olhos da tela imensa e se arrepender da maldita hora em que confiou o trabalho às esquisitices de um artista de vanguarda.

Enquanto deixava o palanque, Nicodemos Bermudes tinha má vontade em distribuir saudações. Em passo apressado, abandonou sem correspondência a mão estendida do presidente da Associação dos Carroceiros de Contagem das Uvas. Quando esteve próximo a Guido Lustosa, dissimulou controle do incêndio que lhe ardia por dentro. Os dois trocaram palavras desimportantes sem que a pergunta de um para o outro sobre o gosto deixado pela obra tenha sido respondida. Devolvido ao nível do chão, o prefeito atravessava o apertado de gente com a facilidade de ter caminho aberto pelos assessores. Em determinado ponto viu-se diante de alguém que havia vencido o cerco da assessoria e agora bloqueava a passagem. Não lhe era de todo desconhecida a fisionomia que o olhava com maus modos. O dia não estava mesmo fácil para o prefeito Nicodemos Bermudes.

Desde quando as cortinas foram ao chão, nem sequer de relance Pitágoras havia percebido o resultado da obra-prima de Guido Lustosa e muito menos retinha nos ouvidos o significado do que as pessoas passaram a bradar em coro como efeito da surpresa. Reservava inteiramente a ocupação dos sentidos à tarefa de espreitar os movimentos do prefeito. Pitágoras aguardou o prefeito estar em posição de alcance, deixou Ludovico estacionado em distração com a criançada e então se aproximou num esgueirar de felino em caça. Espremeu-se, empurrou, escapuliu. Estava montada cena de duelo em que Pitágoras e Nicodemos

Bermudes se estudavam reciprocamente. Pitágoras disparou iniciativa. Armou começo de gritaria, que era o jeito de tirar satisfação. Certamente ao prefeito não convinha ter a imagem pública ferida pela espinafrada exposta a testemunhos atentos. Qualquer sinal de escândalo seria isca a atrair todas as atenções. Muito breve e o boca a boca se encarregaria de disseminar a desmoralização. Era circunstância para se pensar rápido. Eis que da manga de um político sempre haverá de ser retirada carta que sirva ao improviso. Nicodemos Bermudes avançou ligeiro contra o oponente e abriu braços esticados como se pudesse decolar. O abraço surpreendeu Pitágoras, fazendo abafar o gesto de revolta. O prefeito dava tapinhas nas costas daquele a quem, em tom de voz suficiente ao alcance de quem rodeava a cena, fazia elogios referentes à condição de estar ali o legítimo representante da força produtiva, da honestidade, da luta cotidiana que alavancava o progresso da cidade. O prefeito imaginou ter se saído bem e para ele a situação adversa tinha aspecto de estar debelada, bastando proceder ao desabraço e seguir caminho protegido para longe da multidão. Mas Pitágoras atinou a manobra a tempo de delinear contra-ataque. O prefeito já se desconfortava, já fazia alusão a querer se desvencilhar, quando então Pitágoras reforçou o aperto dos braços e evitou o desmanche do enlace. E foi assim, Nicodemos Bermudes era cativo do abraço que ele mesmo inventou. Valendo-se da proximidade, Pitágoras acomodou a voz bem ao pé de umas das orelhas proeminentes do prefeito. No recado dado, o que sobrava muito, até o escorrer de derramar-se, era o ressentimento:

— Então me diga, senhor prefeito, tendo cuidado em preservar a integridade dos seus ossos, diga se agora é corajoso em dividir comigo novamente o mesmo espaço, a mesma armadilha que é o seu gabinete.

Em seguida, Pitágoras redobrou a força com que mantinha apertado o abraço, a força que era maneira de dar desafogo à raiva. Com as palavras vazando entre os dentes, Pitágoras continuou:

— Experimente, senhor prefeito, experimente novamente tentar me enganar sem que haja por perto alguém que o defenda.

Os assessores estranharam a cena. Um abraço de corpos juntinhos e que já ia se estendendo em demora não era coisa que pegasse bem. Por meio de gesticulações, tentaram avisar que era de boa recomendação parar com aquilo, mas do prefeito não se viu reação, e qualquer resposta era mesmo impossível naquela condição de estar sendo sufocado. O mais perspicaz dos assessores alertou para a coloração arroxeada que preenchia quase a cara inteira de Nicodemos Bermudes. A questão ali impunha aos assessores fazerem por merecer a honraria de guardar as costas do mandatário municipal, e se a oportunidade era apropriada para mostrar serviço, todos eles se apressaram ao mesmo tempo em missão de resgate. Ao largo do abraço, os assessores inventaram de competir entre si para ver quem haveria de levar a fama pelo salvamento do chefe. A disputa comprometeu a eficiência de se desfazer o abraço. Com alguma desordem de planejamento, os assessores substituíam-se nas investidas contra os braços de Pitágoras sem que ocorresse o mínimo de frouxidão. Um a um, em revezamento, nunca teriam êxito. Desmilinguido dentro do abraço apertado, ao prefeito faltava fôlego para coordenar a operação do seu socorro. Os assessores enfim perceberam o desperdício que era dividir esforços. Somaram as forças, uns grudaram-se ao braço esquerdo e outros ao braço direito de Pitágoras. Não era necessário maior conhecimento sobre a atuação das elementares leis da física para perceber que o acúmulo de muitas forças contra uma única força estava quase por desenlaçar o enrosco entre Pitágoras e o prefeito. Mas não sem um último ato de resistência. Ainda mantendo o prefeito em captura e com os braços feitos de cabide em que se pregava a extensão de mãos hostis, Pitágoras forçou deslocamento, arrastando consigo a aglomeração que o rodeava. Seguiu-se um balé desastrado. O amontoado ia, vinha e abria caminhos aleatórios. Admirável aquela formação caótica ter durado tanto. Pois então um dos assessores perdeu o compasso, embolando os pés no emaranhado de pernas que se ofertavam ao tropeço. E foi o bastante para a ruína do grupo. Pitágoras, o prefeito e a comitiva de seguranças, todos eles foram ao chão. A grita geral espalhava notícia de que aquilo era briga. O mar de gente rasgou-se como se a pedido de Moisés. Pelo corredor aberto na multidão, o delegado irrompeu cheio de aborrecimento por ter sido chamado ao trabalho justo no melhor desfrute da festança. Freou repentinamente a disparada. Por mais que exigisse dos olhos o esquadrinhar de todos os pormenores da cena, por mais intuitivo que pudesse ter se tornado em decorrência da profissão, o delegado não conseguia entender por que diabos o prefeito Nicodemos Bermudes estava deitado no chão sob a coberta dos braços parrudos de um brutamonte.

Lá em cima, os pássaros empoleirados no topo do portal distraíam-se alheios ao privilégio de terem vista panorâmica para a confusão. Do jeito como executavam pouso e decolagem, sem onde mais caber o tanto de viço, formou-se ornamento gracioso à obra de Guido Lustosa, cuja concepção artística produziu como símbolo da cidade de Contagem das Uvas a enormidade de um desenho. No alto, distante do que ocorria abaixo dele, o desenho era reprodução fidedigna de um homem, de um boi e da corda que lhes regia a sincronia do caminhar.

14

Durante algum tempo, Ludovico perambulou pelas ruas sem ter quem lhe prestasse os cuidados de sua manutenção. Norteou-se por direções incertas, pastou nos canteiros das praças, dormiu ao relento, esteve exposto ao perigo de ser maltratado. Mas não foi por muito tempo que vivenciou a sorte ordinária de um bovino qualquer. Muito logo e sua presença tinha importância de interromper a ocupação das pessoas. As crianças o reconheciam com gritos eufóricos de "é ele", "é ele". Pouco a pouco Ludovico ampliava o diâmetro em que era o centro das atenções. Não que os costumeiros passeios pela cidade já não antes lhe houvessem trazido notoriedade e simpatia, contudo agora sua posição era a de estar em outro patamar, aquele ao qual ascendem astros ou celebridades. Ludovico, para muito além de ser a criatura ruminante e acessível ao encontro fortuito num dobrar de esquina, era também a imagem estampada na imortalidade de uma obra-prima de Guido Lustosa. Até mais que isso, Ludovico, conforme atestado pelos critérios artísticos extraídos da genialidade de um mestre, tornou-se símbolo da cidade de Contagem das Uvas, e como tal não seria admissível que o deixassem vagar em quase estado de mendicância, não se podia permitir crescer omissão quanto ao perecimento daquele patrimônio de valor imaterial. Então vieram os bons tratos. Deram-lhe comida, bebida, abrigo, afago e companhia. Acontece que enquanto transcorria o paparico houve quem se ressentisse de um desfalque. De fato a parceria retratada no painel de Guido Lustosa estava incompleta, e isso era coisa com que todos começaram a se incomodar.

Cinco dias e cinco noites estavam completos desde que as grades passaram a demarcar-lhe a moradia. Foi nessa altura que Pitágoras começou a fraquejar. Na cadeia, o cardápio oferecia variados tipos de carne, e essas variações, a depender dos humores do cozinheiro, eram as que iam da segunda até a quinta categoria. Pitágoras não comia quase nada e não se aguentava de tanto enjoo quando o cheiro de carne vinha antecipado aos pratos. O carcereiro não sentia nem minúscula comiseração toda vez que punha os olhos na figura que se estendia no canto da cela e encobria o rosto com o envoltório do próprio braço. Estava acostumado às manhas que por ali até os marmanjos mais insuspeitamente robustos faziam, e mesmo nos casos graves a situação era mais conveniente ao contentamento do que à piedade, afinal os convalescentes, sem forças para reclamar ou tramar a fuga, eram os que exigiam menos trabalho. Durante os cinco dias e as cinco noites, fazia calor muito mais opressivo do que a própria força de vigilância policial. Os prisioneiros sentiam-se esturricados e por isso largavam-se ao bom comportamento. Numa daquelas tardes que seguiam modorrentas, até bem podiam continuar em prostração por tempo indefinido não fosse o som barulhento lá de fora ter visitado os ouvidos de cada um deles. A interrupção do tédio fez os prisioneiros avançarem contra as grades, de maneira a obedecer a curiosidades e a tentar conseguir entendimento. Pitágoras era o único a não estar agarrado às grades. Permanecia no fundo da cela como se nada acontecesse. Sonolento e indiferente, não ouvia direito os gritos que vinham da rua.

Do lado de fora da cadeia, havia gente erguendo cartazes, segurando faixas, soprando apitos, entoando coro de reclamação. No meio das pessoas um bovino era elemento destoante. Haviam levado Ludovico como referência de suas reivindicações. Juntos, Pitágoras e Ludovico eram como entidade a merecer respeito e por essa razão as vozes reunidas bradavam em favor da liberdade daquele a quem cumpria completar uma simbologia. Os policiais se aproximaram devagar e cercaram o grupo. Depois da troca de argumentos, as pessoas, contadas em uma dezena, aceitaram se espalhar em dispersão. No dia seguinte, as mesmas pessoas retornaram ao protesto munidas da aderência de novos integrantes. Os policiais repetiram o procedimento, e as três dezenas de pessoas se dispersaram. Outro dia, e as pessoas já eram cinco dezenas. Com a solicitação dos policiais, também houve dispersão. Porém, no dia em que as pessoas contavam-se às centenas, o protesto durou o tempo que elas mesmas estipularam que deveria durar.

Para a frente da delegacia seguiam todos os tipos. Como de hábito, a meninada orbitava serelepe qualquer deslocamento de Ludovico. Havia jovens e seus desenhos que imitavam o conteúdo do painel de Guido Lustosa. De dentro da cabeça dos aspirantes a ajustadores do mundo irrompia a cômica invenção de cânticos a exigir para Ludovico a devolução do seu dono. Por lá também se destacavam algumas senhorinhas a dizer terem fundado o que chamavam de ABL, os Amigos do Boi Ludovico, para efeito de proverem o bem-estar do animal ilustre. A insurgência não avançava apenas à base de barulho. Entendendo se tratar de ocasião imperdível para exibir seus dotes profissionais, os únicos dois advogados da cidade, cada qual à sua maneira, apresentaram os respectivos requerimentos de liberdade em favor de Pitágoras. Contagem das Uvas nunca se dera ao trabalho de querer alterar o rumo em que sempre esteve submissa à pasmaceira de lugar sem alma. Vê-se que algo mudou. É dizer que a criança não gosta de doces só até quando não os experimenta. O povo da cidade havia provado o gosto de lutar por uma causa e parecia ter se adaptado muito bem ao sabor do engajamento. E assim o movimento se expandiu em tamanho, organização e em capacidade de gerar incômodos.

Um formigamento fez-lhe lembrança da úlcera até então adormecida. Naqueles dias o juiz era todo desassossego. Havia anos estava limitado a distribuir justiça entre casos em que se discutia a propriedade de galinhas ou em que a condenação ao cárcere recaía sobre arruaceiros de porta de bar. Era como poeira que se achega devagar pelos cantos da casa abandonada. A ferrugem ia se acumulando em suas habilidades judicantes a ponto de criar insegurança no trato com decisão mais desafiadora. Pois então convidou ao gabinete o delegado, o promotor de justiça e os dois advogados postulantes a arautos da liberdade de ir e vir. Exatamente por estar inseguro é que veio ao juiz a ideia de amenizar sua responsabilidade. Talvez tenha sido, com outras palavras, o que pretendeu dizer ao iniciar a reunião:

— Senhores, não é do meu feitio, e nem deveria ser, organizar uma espécie de colegiado para discutir os casos que me são dados a decidir. Entretanto, a situação peculiar que agora bate às portas do Judiciário — essa questão do prisioneiro que dizem ter o abraço, digamos, apertado — requer a sintonia de nossas atuações. Se ficarmos patinando no lodo da divergência, se ficarmos a puxar as cordas do entendimento cada uma para o respectivo lado, não seremos, depois, capazes de domar o tamanho da convulsão que só faz se alastrar no ânimo das pessoas desta cidade.

O juiz calou-se como se quisesse passar a vez. O delegado, encorajado a deixar fugir um desabafo, apressou-se em agarrar a palavra antes que outro o fizesse:

— A preocupação de Vossa Excelência vem em boa hora. Desde que o sujeito de abraço abrutalhado ganhou o endereço da delegacia, a paz é coisa que me escapa e me mantém à distância. Enquanto meu ouvido esquerdo se ocupa da gritaria incontrolável de toda essa gente que exige liberdade para o tal sujeito, meu ouvido direito tem sido obrigado a receber os recadinhos do prefeito, ora dizendo ser imprescindível manter a prisão, ora ressaltando quão grave é a agressão cometida contra a mais importante autoridade municipal. Agitam-me o discernimento para lá e para cá, para cá e para lá. O que querem? Enlouquecer-me? Partir-me em dois para que cada parte atenda cada vontade?

O primeiro advogado emendou:

— Bem, há agressões e agressões. Em muitos lugares, jogar-se a um abraço demorado seria tido quando muito como carinho desproporcional. Ora, já é tempo de medirmos o peso das prioridades. Temos em debate uma prisão que não serve a nada, uma insignificância. Largado no cárcere está um pobre-diabo inofensivo, cuja atitude que o incrimina, uma besteira, uma tolice, está mais para travessura de criança do que propriamente para crime. Sendo assim, nesta altura dos acontecimentos, Vossas Excelências não concordam que a possibilidade de pôr fim a toda essa insurgência, que interrompe as vias, que põe em risco a segurança dos passantes, que não se sabe até onde é capaz de ir, deva preponderar sobre a continuidade de um castigo sem propósito? A mim parece preferível garantir o bem-estar da coletividade, aceitando o clamor das ruas, provocando o retorno das pessoas às suas rotinas e deixando vir para fora o prisioneiro, que melhor serventia terá à sociedade se devolvido ao trabalho que exerce por aqui.

O promotor de justiça, até então recostado junto à janela, deslocou-se a passos bem medidos até o centro do gabinete. Elevou a pontaria do olhar na direção de um quadro de paisagem rural e, sem em nenhum momento procurar encontro com os rostos espalhados no ambiente, atirou advertência:

— Receio estarmos flertando com a criação de precedente traiçoeiro. Imaginem se a partir de agora todos os prisioneiros passem a recrutar a família, os amigos, os simpatizantes e façam deles avolumado de gente em frente à delegacia, pelas ruas, a exigir solturas, fazendo da lei letra inoperante que se derruba pelo grito, pela força. Se há em questão um crime cometido, deverá prevalecer a aplicação da correspondente lei que assegure a ordem pública e reprima a má conduta.

Quando o promotor de justiça se deu por satisfeito, todos no recinto sabiam a quem caberia prosseguir uso da fala. Não por combinação prévia, mas pela convenção implícita de franquear oportunidade de voz ao único ali ainda sem ter exposto argumento. Aqueles eram homens disciplinados. E em termos de apresentar boa argumentação, o segundo advogado estava em vantagem, seja porque a condição de último a falar lhe havia dado circunstância em que pôde ponderar sobre as ideias dos que o antecederam, seja porque tinha tido mais tempo que os outros para preparar melhor a condução do seu plano de convencimento. Sim, o segundo advogado inventou um plano conforme o qual sabia exatamente para onde levar aquela discussão. Se bem-sucedido ou não, isso estaria a depender do capricho em florear as alegações e em manejar os adjetivos.

— Excelentíssimos Senhores, o acontecimento que desfila diante de nossos olhos é sem dúvida um fenômeno histórico. A força espontânea que faz reunir tanta gente em torno de um propósito tem a magnitude de dividir o curso temporal da cidade em antes e depois. É como se estivéssemos lidando com um cometa que passa e já não sabemos se teremos vida para vê-lo de novo. Nunca haverá ocasião em que isso venha a se repetir, pois ocorrências historicamente relevantes chegam e então tudo o que era já não será mais. O que quero dizer com tudo isso é que, a depender de como será resolvida a questão, Vossas Excelências farão história ou, ao contrário, deixarão que ela passe despercebida. Já aqui com meus botões imagino minha alegria quando no futuro examinar a jurisprudência e lá descobrir, registrados para sempre e disponíveis à admiração, os nomes de Vossas Excelências associados ao mais significativo ato de homenagem à Justiça que por estas terras haverá de ser cometido. Também imagino a gratidão das próximas gerações. Lá estarão os nomes e sobrenomes de Vossas Excelências nomeando a fachada do fórum, da cadeia ou de outro prédio público. Quem sabe as homenagens serão feitas por meio de estátuas, bustos de bronze. Isso é de emocionar filhos e netos. Enfim, a história, nesses picos de mudanças sensíveis, sempre se socorre do auxílio de pessoas justas, corajosas, evoluídas, preparadas, competentes. No caso atual, essas pessoas são Vossas Excelências. Portanto, senhores, ouçam a voz libertária do povo. Façam história. Sejam a própria história.

Os dois advogados se entreolhavam como sinal de simpatia pela causa em comum. Com as mãos enfurnadas nos bolsos da calça, o delegado fitava o chão quase sem piscar. De volta à janela, o promotor de justiça contemplava os detalhes da paisagem. Sentado à mesa, o juiz acarinhava os fios da barba enquanto percorria o olhar pelos papéis, pelos livros, pela pequena imagem de santo Ivo. Todos pensavam. A partir de então, no gabinete pairou o silêncio de catedral vazia, só interrompido ao final da reunião pelos cumprimentos de despedida.

No dia seguinte, Pitágoras foi posto rua afora. Lá de dentro jogaram no chão poeirento o facão e a cinta. Estava feita a devolução. Pitágoras respirou fundo, que alívio. Nos últimos dias o que lhe restava era sorver com má vontade e tragos curtos o ar pesado da cadeia. Assustou-se com a rua cheia de gente, tinha tonturas. Os dois advogados, sorridentes a não poderem mais alargar a boca, amparavam-lhe a fraqueza. Quando Pitágoras esteve bem à vista, a multidão explodiu em festa. Houve gritos de alegria, braços ao alto e trocas de abraços. A comemoração coletiva tinha o deslumbramento de quando se lida com o prazer desconhecido. Pela primeira vez, toda aquela gente junta sentia-se responsável por ter provocado uma transformação. Pitágoras estava confuso, não atinava o encadeamento dos fatos. Não era mesmo fácil entender a diferença entre entrar na prisão embaixo de safanões e sair prestigiado como se sua aparição fosse a de santo milagreiro. As pessoas o olhavam em delírio, dois engravatados lhe faziam escolta, as coisas eram redemoinho de esquisitices, mas, conquanto a liberdade corresse desembaraçada, não era importante saber as razões de todo o resto. As senhorinhas da ABL foram eficientes em organizar o encontro. Com aparência de estarem cumprindo um ritual, conduziram Ludovico até onde Pitágoras se equilibrava sobre as pernas cambaleantes. Pitágoras levou a mão até a cabeça de Ludovico e alisou a superfície entre os chifres. Nesse instante, aplausos vindos de todas as direções espocaram por duração que foi longe.

Na sacada da prefeitura, o prefeito Nicodemos Bermudes era espectador de tudo quanto narrado acima. O charuto foi atirado ao chão sem ainda nem sequer ter sido minimamente consumido pela brasa. Nicodemos Bermudes pisoteou-o seguidas vezes, enfurecido, pirracento. Esbravejava e a quem quisesse ouvir gritava que as autoridades da Justiça eram todas uns frouxos, amaldiçoando o dia em que concebeu a ideia de construir o portal da cidade. De repente interrompeu o ataque de nervos e se aquietou. Olhou para o outro lado da rua, mais precisamente para o terceiro andar do prédio mais alto de Contagem das Uvas, onde Guido Lustosa havia se hospedado por tantos e tantos dias. Por lá, às custas da municipalidade, Guido Lustosa comeu e bebeu quanto quis, descansou no melhor dos quartos, tinha qualquer pedido atendido por funcionário à disposição, estava livre de que lhe ocupassem a mente preciosa com aborrecimentos. Todo esse conforto era para favorecer o bom nascimento da inspiração. Quando isso passou pela memória do prefeito Nicodemos Bermudes, o catálogo de xingamentos foi retomado, mais alto e em maior variedade de palavrões.

Sem intérprete que pudesse mediar o desentendimento da comunicação entre duas espécies em quase tudo diferentes, Pitágoras e Ludovico inventaram linguagem só deles. Bastou o gesto de mão giratória no alto, e Ludovico de imediato soube interpretá-lo como chamamento à andança. Os dois percorreram a rua cheia. A passagem ia se abrindo com aplausos margeando o caminho. O cansaço e a vontade de restituir-se à rotina de dieta sem carnes não permitia a Pitágoras retribuição à altura. No semblante a expressão mantinha-se acanhada, a desconfiança era entrave à expansão do sorriso que vez ou outra saía a muito custo. Pitágoras continuava sem compreender a razão de toda aquela euforia, mas na cabeça eram tantas as coisas pendentes de explicação que deixar somar a elas mais uma não faria diferença. No fundo, é o que sempre se tem visto por aí. Indo, vindo, voltando, nunca sabemos descobrir o sentido de boa parte do que nos rodeia. Assim então seguiu adiante sem entregar os pontos à curiosidade que o sugeria parar ao lado de alguém e se socorrer de ensinamento sobre o caso. Logo atrás vinha Ludovico. Muitas mãos tocavam-lhe partes do corpo. Essas partes do corpo, de outro jeito, arrancadas do todo, mortas, avermelhadas, penduradas, esfoladas por dentro, as mesmas mãos já as haviam apalpado em algum mostruário de açougue. A diferença estava na forma de manuseio. Ao encostar em Ludovico, as pessoas não escolhiam, não pesavam, não mediam, não barganhavam preço, apenas faziam afagos. Ludovico não se incomodava, inclusive gostava. E gostava mais ainda de pôr as mandíbulas a funcionar em círculos, mastigação incansável. Ludovico ruminava com gosto.

 Pitágoras e Ludovico apressaram a caminhada. Holofote gigantesco, a luz do sol ressaltava-lhes as silhuetas. Na posição de não estarem mais rodeados por ninguém, formaram composição tal e qual haviam sido retratados pelo painel de Guido Lustosa. Era como admirar o crepúsculo. As pessoas queriam assistir, até quanto podiam, à cena em que Ludovico e Pitágoras aumentavam distância a passos sintonizados. Houve em quem a emoção de vê-los juntos dessa maneira chegou ao extremo de provocar choro.

 Retrato vivo e móvel do que então se tornou símbolo da cidade, os dois caminhavam rumo ao dobrar de uma esquina. No exato momento de atravessarem a divisa entre serem visão e serem sumiço, houve acontecimento daqueles que desafiam curiosidade de historiador e aumentam repertório dos contadores de prosa em roda de birosca. Uma única voz se levantou. Pouco importava de quem partira a iniciativa, porque na verdade aquela voz valia por todas as outras. Tinha tanta força que ninguém a deixou de ouvir e era tão contagiante que todos que a ouviram não a podiam esquecer. Foi um parto. Aquela voz fez nascer combinação de duas palavras. Para tudo existe uma estreia. Se depois passaram a ser ditas tantas e tantas vezes, sempre juntas como se nunca antes estivessem separadas, é porque houve, naquele momento, a primeira vez em que as duas palavras foram postas em união. "Viva Ludovico."

Estavam muito próximos de casa. Pararam não de imediato. Até estarem parados, diminuíram lentamente a marcha de um jeito que pareciam aferir com cuidado a solidez do piso. Ludovico notou a delicadeza da situação. Por respeito, permaneceu recatado e até estaria completamente imóvel não fosse o movimento das mandíbulas. Aquele era um boi elegante, sabia se comportar quando o assunto não lhe dizia respeito. Os olhos de Pitágoras, antes derrotados pelo desgaste, agora estavam acesos, tinham muita vontade de ver. Se houve o lufar do vento, se ressoaram cânticos dos pássaros, se o alaranjado do céu trazia transição entre tarde e noite, Pitágoras não percebeu nada sobre as ocorrências acessórias que no futuro ajudariam a enriquecer a lembrança da cena. Estava desligado de todo o resto. Ocupava-se inteiramente em inspecionar as mudanças que o tempo trouxe. Os tornozelos afilaram-se, o corpo nunca antes esteve tão confortável no abrigo de um vestido, os cachos dos cabelos pendiam com maior comprimento. Já o sorriso era o mesmo. Lábios só um pouco afastados, deixando à mostra a fileira bem alinhada de pequeninos dentes. Era assim nos tempos de entendimento. Se Pitágoras fosse dado a devaneios de filosofia bem poderia pensar que a vida não avança em linha reta nem em círculos, melhor seria dizer que ela ziguezagueia em espirais. Naquele dia havia definhado na imundice do cárcere, mas também havia sido festejado pelo povo. E, sobretudo, naquele mesmo dia saboreou a surpresa que o fez voltar a acreditar em coisas do coração. Pitágoras desvencilhou-se da cinta, largando ao peso do facão a incumbência de puxá-la para baixo. Fez isso para facilitar o abraço. Ludovico e a mala encostada no portão eram as únicas testemunhas. Anabi tinha nas mãos uma carta. Deixou-a cair. Fez isso para facilitar o abraço.

15

A vida desobstruída de um *bos taurus* tem duração média de vinte anos. Ludovico morreu aos vinte e nove anos de idade. No fim, tamanho desafio ao tempo trouxe decrepitude. Carregava chifres desbotados, que eram fardo pesado em crânio frágil. Caminhava com andar desconjuntado. A língua foi se afrouxando, e já era um custo mantê-la quieta dentro da boca. Quase todos os dentes caíram, e os restantes, gastos e fracos, não davam conta de tanta mastigação. Houve portanto o dia de muito calor em que Ludovico retirou-se até a sombra de uma amendoeira e deitou com leveza, evitando que o corpo pesado fizesse estardalhaço. Recolheu as pernas, pousou a cabeça na terra e fechou os olhos com lentidão, as pálpebras eram cortinas que postergavam a tarefa de encobrir para sempre o clarão da paisagem. Ruminava. Ruminou até ruminar pela última vez. Esse foi o dia em que Pitágoras mais chorou na vida.

Mas, solta e isolada, a morte é apenas uma sombra. Sendo parte sem todo, não vale tanto quanto se iluminada pelo caminho que é percorrido até ela. Sob o pulo narrativo que se estendeu alongado pelo correr dos anos, coube ainda um tanto de história a contar. Há mais um bocado de luz a clarear a trajetória do boi Ludovico.

Pitágoras, Anabi e Ludovico formaram família e tentavam tocar vida nova. Todos os dias saíam juntos para o trabalho. Topavam com pessoas que sorriam ao vê-los, que desejavam bom-dia, que perguntavam como tinham passado e que ao final dos cumprimentos entoavam a saudação que lhes saía espontânea pela garganta. "Viva Ludovico", "Viva Ludovico". Era febre espalhada. Por onde os três estivessem, a mesma saudação os recepcionava, acompanhava, seguia. "Viva Ludovico", "Viva Ludovico".

Às pipocas, juntaram-se pedaços de torta de maçã que Anabi aprendeu a preparar durante o afastamento. Acomodadas na garupa de Ludovico, bolsas saíam abarrotadas e voltavam murchas, cheias só de migalhas. As vendas iam bem, em parte pela gostosura da novidade e especialmente porque Ludovico era chamariz da freguesia. Alguém se aproximava para acariciar o bicho ou ia vê-lo mais de perto e aí então adentrava o território onde era fisgado pelo aroma que lhe incitava o apetite. Padre Olímpio, muito atento às alterações do mercado, reformulou os termos da negociação. Além da terça parte incidente sobre a venda de pipocas, também queria a terça parte incidente sobre a venda das tortas de maçã. Nada que atravancasse tanto a grande altura do faturamento que seguia aumentando a ponto de, mesmo depois de abocanhado, ainda sobrar em fartura. Pitágoras, Anabi e Ludovico lidavam com prosperidade de conto de fábula, ao menos até que a vida dobrasse uma das voltas do seu percurso em espiral.

Trazia crachá no peito e papelada nas mãos. Quando começou a falar, desfez-se por completo da imagem de provável comprador. Não tinha mesmo a feição de quem farejava sabores.

— Bom dia. Sou fiscal da prefeitura. É minha função conferir a autorização para venda de alimentos em área pública.

Enquanto Ludovico tremelicava a pele para afugentar mosquitos, Pitágoras e Anabi se encaravam. Tinham o raciocínio embaçado pela confusão. Notando o desconcerto dos dois, o fiscal abreviou o assunto:

— Bem, caso não tenham porte da autorização, serei obrigado a apreender a mercadoria.

Pitágoras se pôs à frente do fiscal, de modo a bloquear-lhe o rumo. Seguiu-se início de discussão. Padre Olímpio interveio em socorro à manutenção do comércio. Naquela altura, a segunda torre da igreja já crescia pela metade, e ele nem sequer podia pensar em perder a parte das vendas que lhe cabia. Com modos de conciliação sacerdotal, pediu licença a Pitágoras e assumiu o lugar em frente ao fiscal da prefeitura.

— Veja bem. Do portão para dentro, incluindo o chão sobre o qual estão agora nossos pés, tudo é propriedade da Santa Igreja. Não me parece que aqui seja local público, sendo bastante que eu, administrador desta paróquia, já tenha autorizado a prática da compra e venda destes singelos quitutes.

Padre Olímpio não tinha exata certeza sobre a correção do que dizia. Não era propriamente perito em regras de governança pública, mas a postura confiante de quem parecia discorrer um sermão fez o fiscal da prefeitura embaralhar-se em dúvidas. O fiscal não achou resposta ao padre, era alguém habituado a não saber nada além daquilo que o mandavam fazer. Na falta de algum superior que lhe soprasse orientação, ficou a pensar sobre as consequências de contrariar um padre. Permaneceu calado, deixando o conflito se demorar na cabeça. Foi embora sem se despedir.

O fiscal da prefeitura retornou no dia seguinte. Teve o cuidado de fazer abordagem durante o período em que o padre se ocupava em ministrar a missa.

— Conforme já dito, sou fiscal da prefeitura. Hoje minha função é examinar o cumprimento do decreto municipal, segundo o qual... — ele se demorou com a papelada até encontrar ajuda escrita — ... segundo o qual deve haver um perímetro de, no mínimo, quinze metros de distância entre o local em que se proceda a venda de alimentos e a presença de um animal, seja ele de pequeno, médio ou grande porte... Pelo que vejo, há aqui clara desobediência ao citado decreto, impondo a apreensão da mercadoria.

Sobrancelhas franzidas, Pitágoras e Anabi estranhavam o teor do tal decreto. E foi Anabi quem levantou voz de protesto:

— Como é isso? Ainda hoje vi passar dois leiteiros que carregavam suas vacas e as ordenhavam conforme lhes era demandado leite fresco e quente. Então é regra nascida agora ou é exigência que só se aplica contra nós? De mais a mais, como pretende sair por aí adivinhando distâncias se nem sequer está equipado com fita de medição? Se o animal que está perto agora resolver pastar no outro lado da rua, estaremos em acerto com a regra? E quando ele quiser retornar, voltaremos a ser infratores? Afinal, que raios de regra é esta que pode mudar ao sabor da inquietude dos bichos?

O discernimento do fiscal da prefeitura não era páreo para a saraivada de controvérsias. Desejava muito dominar as razões do seu ofício, não o agradando reduzir-se a pau-mandado. Mas era. E ele mesmo sabia que era. Faltavam-lhe argumentos para cada pergunta. Balbuciou frases incompletas e depois veio a reticência. Restava dizer que apenas fazia o que o mandavam fazer. Disse e não fez. Foi embora sem se despedir.

Era dia de primeira comunhão. Meninos e meninas de branco chegavam preocupados com a cerimônia e não percebiam que também havia adultos de crachás misturados entre eles. Todo o contingente de fiscais da prefeitura apareceu com atitude de assalto. Incluindo o fiscal das papeladas, eram três fiscais a exigir entrega da mercadoria. O de maior impaciência deu logo conta do aviso:

— Viemos apreender a mercadoria para averiguação.

— Por quê? — Anabi e Pitágoras questionaram em uníssono, misturando à dúvida o enfado de experimentar situação requentada.

— A pergunta já foi respondida. Viemos apreender a mercadoria para averiguação.

Ao sinal, os três fiscais avançaram sobre as mercadorias no que pareceu tática de ensaio prévio. Pitágoras reagiu e, com força de revolta, segurou o braço do fiscal que anunciara a apreensão. O fiscal não se alterou. Talvez se importasse mais se lhe pousasse no braço uma mosca.

Nem se deu ao trabalho de dirigir o olhar a Pitágoras enquanto o frio tom de voz dava advertência.

— Caso tente impedir a atuação estatal, haverá de prestar contas com a polícia.

Anabi providenciou entrelace dos braços no entorno da barriga de Pitágoras, puxando-o bruscamente com intuito de preservá-lo apartado dos fiscais.

— Tenha controle, homem. Não quero ver você de novo na cadeia.

No que Anabi e Pitágoras estiveram distraídos a discutir cautelas e reações, os fiscais da prefeitura já haviam ganhado grande distância. Eram ágeis em empurrar o carrinho de pipocas e carregar as bolsas cheias de tortas de maçã. Longe, o fiscal das papeladas era interpelado pelos olhares dos outros fiscais. Os olhos queriam dizer que era daquele jeito que se fazia o trabalho. Quando não mais à vista, todos eles se dispuseram em volta da mercadoria ao feitio de piquenique. A averiguação se deu com lamber de beiços e dedos.

Lá dentro da igreja, o cântico das crianças disputava espaço de propagação com a gritaria vinda do lado de fora.

— É o fim dos tempos. Isso é uma covardia. Isso é um escárnio. Isso é uma atrocidade — clamava Pitágoras.

— Isso é um abuso. Isso é uma injustiça. Isso é um acinte. Isso é um achincalhe. Isso é uma afronta. Isso é uma violência — acrescentava Anabi.

Na porta da igreja, metido na batina branca, esvoaçante e reservada aos dias de primeira comunhão, padre Olímpio resmungava:

— Isso é um prejuízo.

Foi assim que se deu o início de tempos tormentosos. A partir daí, Pitágoras e Anabi nada podiam vender sem perturbação. Lançaram-se então à caça do tal alvará de vendas. Por muitos dias perambularam entre filas e setores de repartições. Esperavam horas e sempre ao final do dia recebiam aviso para voltar no dia seguinte. Quando isso se repetiu pela décima vez, já sabiam que era caso sem solução. Ao mesmo tempo, na casa deles, dia sim, dia não, chegavam cartas com emblema do município. Pitágoras não as deixava acumular, rasgava uma a uma quando terminava de ler o comunicado sobre cobrança de impostos já pagos. Houve também a visita de quem se dizia ser representante da vigilância sanitária. Entre a entrega da notificação que proibia os passeios de Ludovico e a subsequente expulsão do visitante, Pitágoras não permitiu que a visita chegasse ao segundo minuto. Fatos assim se seguiram aos montes. Pitágoras percebeu que eram muitos raios descendo sempre ao mesmíssimo lugar. Mais ainda, percebeu que, de uma forma ou de outra, a avalanche de infortúnios vinha sempre do mesmo ponto de partida, a prefeitura. Pitágoras agora tinha entendimento de tudo. O prefeito Nicodemos Bermudes havia planejado método lento, doloroso, divertido e eficiente de lhe rebaixar à ruína. Mãos aos cabelos, Pitágoras desesperava-se com constância. A perseguição era cerco a se fechar. Em definitivo, aquela cidade não tinha tamanho suficiente para comportar em seus limites a diferença dos dois.

Foi nessa época que o portal da cidade sofreu atentados a marretadas e a jorros de tinta. Durante duas madrugadas seguidas, as estruturas foram levadas ao abalo e o painel foi sujo de manchas, de um jeito que o desenho de Guido Lustosa ficou encoberto por inteiro. E o painel teria ido abaixo não fosse a coragem dos moradores que se juntaram para afugentar os delinquentes. Durante a fuga, se um dos delinquentes encapuzados tivesse deixado cair a marreta, seria possível enxergar nela o registro que a vinculava ao acervo de patrimônios da prefeitura. Da dupla Pitágoras e Ludovico, Nicodemos Bermudes não queria que sobrasse nem a imagem.

Arrastado à bancarrota, Pitágoras reconhecia ser a parte mais fraca da contenda. Escolheu novo paradeiro e planejou os detalhes da mudança. Algumas vezes lhe aparecia nos sonhos a cena em que ele, Anabi e Ludovico vagavam pelos confins da cidade na condição de família retirante. Era inevitável que a cena logo ganhasse cor, formato e espessura, a não ser que estivesse em curso a aproximação de uma das curvas que a vida contorna no seu percurso em espiral.

Pitágoras andava pela rua numa daquelas ocasiões em que se anda rápido e distraído. Talvez pensasse em como ganhar a vida fora da cidade, talvez contabilizasse quanto tempo suas reservas ainda podiam manter sustento. Na verdade, podia ser um dos tantos dias que passam em branco. No dia seguinte Pitágoras já teria se esquecido do que fazia no dia anterior, mas isso se não ocorresse o que ocorreu. À frente estava uma mulher aplicada em conduzir pela mão o filho miudinho e que havia pouco aprendeu a andar. Pitágoras aprontou investigação. Custou-lhe tempo identificar a mulher. Nem tanto por estar mais rechonchuda. Malu Vulcão parecia irreconhecível porque a maternidade lhe dava ares de discrição. Houve um susto. De imediato, os modos da criança provocaram em Pitágoras o arregalar dos olhos. Sem se deixar ver, Pitágoras passou a perseguir mãe e filho. Precisava muito reforçar suspeita de já ter visto antes a mesma esquisitice. Enquanto se esgueirava pelas esquinas viu acontecer de novo e de novo. O moleque sofria de cacoete demorado. Os dentes mastigavam o nada, a boca mordia o vento. Pitágoras puxou o fio e logo desembolou a meada. Levou a atenção direto às orelhas do moleque, eram orelhas de abano. Depois deslocou exame até o nariz, era um nariz adunco. Mais que a surpresa, era a esperança que lhe fazia congestionar os pensamentos na cabeça. Por fim, permitiu ser envolvido pela única ideia possível. Na guerra é assim: a oportunidade de matar é a chance de deixar de morrer. Deu meia-volta e partiu apressado na direção em que mãe e filho ficavam cada vez mais distantes. Pitágoras tinha urgência de levar a novidade ao conhecimento de Anacleto.

Um terço do dia seguinte e já não havia na cidade quem não soubesse que o prefeito Nicodemos Bermudes era pai de filho bastardo. E era pai de filho bastardo cuja mãe era Malu Vulcão. De língua em língua, todos formaram consenso sobre o assunto. Do prefeito, homem público, exigiam-se bom gosto e a compostura de recolher o fruto atirado fora da bacia. Malu Vulcão, ela própria até então ignorante sobre a tal paternidade, passou a fazer prontidão em frente à prefeitura para se valer da sorte de agora ter reserva farta de onde tirar o sustento do filho. Em ambiente público, tornou-se comum que jogassem vaias ao prefeito. Nenhum cidadão se sentia à vontade de trocar com ele algum cumprimento. Na falta de quem pudesse fazer boa concorrência, por muito tempo a reeleição de Nicodemos Bermudes sempre teve vocação de ser infalível. Porém, quando as eleições chegaram, o escândalo ainda era incêndio em descontrole. Falcatruas e incompetências são coisas que se podiam perdoar, mas daí a deixar passar a imprudência de uma escapadela seria pedir muito ao povo de Contagem das Uvas. Nicodemos Bermudes perdeu as eleições, foi expulso de casa e, largado ao ostracismo, viu-se obrigado a deixar a cidade.

Cessada a fonte de opressão, Pitágoras, Anabi e Ludovico reinauguraram o jeito de ganhar a vida. Veio a chance de recuperarem o prejuízo dos tempos em que as vacas eram magrelas. Anabi inventou receitas para servirem de opção às tortas de maçã, e a Pitágoras não importava se tivesse que estender o espocar das pipocas por turnos ininterruptos de trabalho. Quanto a Ludovico, agora de volta à ativa, carregava pelas ruas o peso da mercadoria dando sinais de estar sempre muito animado. Era como se retribuísse a festa que lhe direcionavam durante o dia inteiro. "Viva Ludovico." "Viva Ludovico."

Aliás, isso era fenômeno que interessava ao novo prefeito. A simpatia disseminada pelo bicho tinha força de alavancar progresso. Pois então a prefeitura reformou o pórtico da cidade. O nome que haviam dado a ele, Deputado Amadeu Bermudes, foi encoberto de tinta, de modo a ser dado especial destaque ao painel, que a partir de então novamente oferecia à contemplação de todos a boa visibilidade do que era a imagem gigantesca da dupla errante. As escolas, os postos de saúde, o coreto, qualquer lugar de razoável circulação passou a estar propenso a ter as paredes ocupadas por cartazes em que se exibia a silhueta de Ludovico associada ao nome da cidade. Até quando não mais pudessem deixar escapar da cabeça, nunca era de mais que as pessoas estivessem a se deparar aqui e ali com aquele símbolo. No contorno de Contagem das Uvas, as estradas agora tinham as bordas espetadas por muitas placas que convidavam os viajantes a conhecer Ludovico, folclórica figura da terra. Se propaganda não é a alma do negócio, como explicar que tanta gente tenha começado a alterar rumo da viagem só para estar, bem de perto, com olhos postos num boi? Sim, sendo a curiosidade o tipo de empurrão ao qual não é fácil resistir, forasteiros ao montes viam-se arrastados a embrenhar a cidade e a perguntar aos passantes onde poderiam encontrar o paradeiro do tal boi Ludovico. E quem se dava ao trabalho de ir fazer visita nunca se contentava em guardar para si a experiência. Muitas vezes acontecia de alguém perguntar a conhecidos se por acaso já haviam visitado a cidade do boi. A fama se difundiu para muito além das fronteiras. De tanto a cidade estar sempre apinhada de gente nova, via-se brotar em cada canto a venda de medalhinhas, fitas, cordões, quadros, adornos, chaveiros, bibelôs, esculturas, estatuetas, enfeites. Todos eles eram objetos que faziam referência a Ludovico. Depois de um tempo, Contagem das Uvas estava diferente, mostrava rosto que não se podia reconhecer. As filas de visitantes só cresciam e para nunca deixarem de crescer é que as estradas de acesso receberam pavimento. Surgiam hospedarias que agora se levantavam para chegar aos cinco andares de altura. Surgiam novas cantinas em que era possível comer melhor. O orgulho de serem anfitriões corrigiu a postura dos moradores. Estufavam o peito, olhavam de cima. O novo prefeito também se sentia orgulhoso, e o orgulho se expandia na mesma medida em que a maior arrecadação de impostos avolumava as finanças do município. O novo prefeito tinha percepção visionária que se guiava pelo rastro das cifras.

Mas quem ganhou mesmo maior benefício foram os que avizinhavam o centro do turbilhão. Havia turistas sempre ao redor de Ludovico, ficavam a acariciá-lo, a procurar posição para a fotografia. Cedo ou tarde, deslocavam-se para onde tinham que dar distração ao estômago. Nessa é que Anabi e Pitágoras se arrumavam bem. Para dar conta de tanta procura, os milhos estouravam sem intervalo e o estoque das tortas, ainda que abarrotado, não durava sem reposição. Se antes Anabi e Pitágoras conheceram gostinho de experimentar lucro, agora era diferente. Lambuzavam-se com o excesso. A demasia se notava pelo amontoado das moedas e das notas de dinheiro que chegavam em acumulação agitada, amassando-se, empilhando-se, espremendo-se até quando a falta de espaço as fazia estufar os bolsos. E seguindo um dos fios da consequência, vai-se rápido até o dia em que a segunda torre da igreja matriz ergueu-se pronta. A festança ocupou a cidade pela manhã, tarde e noite. Mas havia também uma porção de temeridade. Desde o início do festejo, padre Olímpio trazia o perigo como companhia. O coração palpitava acelerado sem controle de o fazer aquietar. No anoitecer, enquanto o alto-falante anunciava os pormenores da inauguração, as palpitações dispararam na intensidade de trote de cavalaria. Por tanto se exaurir pela emoção prolongada, o coração perdeu fôlego. Fogos de artifício, estrelas e a dor fatal. Houve ainda tempo de flutuar de alegria. Antes de cair, padre Olímpio contemplou satisfeito a equidistância das duas torres. Já no chão, o semblante era de quem deixou missão cumprida. Nunca se viu defunto tão sorridente.

Anabi e Pitágoras não aceitaram o reajuste do encargo nos moldes propostos pelo substituto do padre Olímpio. Aliás, o sucesso deles tinha tamanho para não caber mais nos improvisos do comércio ao ar livre. Abriram loja própria, ampliaram ofertas e até recrutaram funcionários, um dos quais era Anacleto, o encarregado de espalhar propaganda sobre novidades e promoções. Do lado de fora, Ludovico fazia do entorno da loja o local mais movimentado de toda a cercania. Por ali emergiam gritos intermitentes por entre o aglomerado de nativos e turistas. Por vezes esses gritos se encontravam e formavam coro. "Viva Ludovico." "Viva Ludovico."

Passaram-se anos repetidos de vendas altas, muito altas, lá nas grandes alturas. Alçados a componentes do empresariado, Anabi e Pitágoras juntaram fartura suficiente para gastança de respeito. Decidiram então comprar uma fazenda. É que por muito tempo vinham alimentando uma teimosia. Era questão de honra proporcionar a Ludovico o desfrute de campos abertos, cheios de extensão, de pasto esverdeado, de conforto para a evacuação, de possibilidades de convívio com seus pares. Anabi e Pitágoras saíram às compras e encontraram ocasião de fazer negócio por uma bagatela. Tornaram-se proprietários daquela fazenda onde antes eram praticadas as touradas de Jurandir Cartola. As ruínas da arena foram deitadas ao chão sem qualquer deferência aos últimos restos do apuro arquitetônico. O matagal alto desceu à foiçada, e foi aí que se difundiu boato de que havia somente uma pequena área dentro da qual o mato não crescia. Era o exato lugar onde Jurandir Cartola havia desabado para nunca mais se erguer.

A fazenda estava já preparada para a acomodação quando Anabi e Pitágoras perceberam muita sobra de espaço. O jeito de deixá-la mais cheia foi acolher os bichos de rua ou qualquer outro bicho curioso de transpassar a porteira aberta. Aos poucos e meio sem querer, por ali se formou grande asilo para animais abandonados, estropiados, nômades, envelhecidos. Isso também acabou servindo de pagamento a promessa antiga. A fazenda se preencheu de tanta fauna que as pessoas passaram a mencioná-la como Arca de Noé. Anabi e Pitágoras acharam graça. Pintaram o apelido numa tabuleta e a penduraram na entrada. Ludovico, boi bem resolvido, nunca se perturbou por habitar local onde tempos atrás havia sido exposto ao suplício. Ao contrário, espalhar-se pela amplitude da fazenda o fazia radiante, sobretudo quando se deparava com a formosura de um desfile. Na fazenda também havia vacas holandesas que estavam sempre a procurar o melhor quinhão da pastagem. E enquanto perambulavam, alguma coisa se desprendia delas, levando novidades ao juízo de Ludovico. Assim foi que Ludovico aprendeu o que a natureza nunca se recusou a ensinar. Procriou muitas vezes a ponto de lhe atribuírem qualidade de reprodutor.

Foi o tempo de passarem alguns prefeitos pela administração de Contagem das Uvas. Eram governantes que sempre souberam manter perspicácia a postos. As muitas charretes estacionadas ao longo da Praça Central serviam à excursão dos turistas. Todos eles pagavam passagens caras para serem levados até a Arca de Noé, todos eles queriam ter encontro com o boi de cuja fama sabiam de ouvir dizer e cuja imagem estampada em fotografias instigava comparação presencial. Aconteceu de irem aparecendo pelo trajeto do passeio mais comércios de suvenir, e também mais vendas de comida, de bebida, mais hotéis. Enquanto a cidade se estendia para aqueles lados, a prefeitura tinha mais de onde buscar cobrança de impostos.

Mesmo com o muito que houve de mudanças, Pitágoras e Ludovico nunca abandonaram o costume de caminhar juntos pela cidade. Ao menos uma vez no mês, Ludovico vinha espalhar cagadelas nos vários pontos da paisagem. Se bem que agora tinha adotado outro método de se aliviar. Economizava evacuação na maior parte do caminho para então despejar grande massa de bosta em lugar específico, bem no meio da Rua

Jurandir Felício Peixoto. Não que Ludovico fosse do feitio de reservar espaço para armazenar rancores. Talvez o que pretendesse fazer era ensinar a lição de que a cada um a legítima homenagem que mereça. E lá vinham eles tal como retratados no pórtico da cidade. "Viva Ludovico", "Viva Ludovico". Também era como se os dois tivessem que dar conta de renovar nas pessoas a alegria de testemunhar a composição viva de um símbolo com o qual todos se identificavam. Assim é que com frequência se irrompia uma daquelas coisas que ganham força e quando se vê já se entranharam na prática do povo. Ludovico aparecia, e era reação espontânea todos suspenderem afazeres e se porem a acenar. "Viva Ludovico", "Viva Ludovico".

Os moradores de Contagem das Uvas tratavam como dever cívico a obrigação de repreender qualquer distraído que porventura esquecesse que a cidade agora era lugar melhorado, e era lugar melhorado porque existia o antes e o depois do boi Ludovico. Nesse aspecto, juntou-se gente com engajamento de apresentar ao então prefeito uma proposta. Por um tempo o então prefeito cozinhou o assunto em fogo brando até farejar vantagens. Por que não? Fez análise detida, mirou nas consequências e aceitou o desafio, que significava fazer virar página superada. Depois de mexer os pauzinhos da burocracia, o então prefeito deu ao povo incumbência de eleger novo nome para a cidade. Pelo muito que se havia comentado sobre a preferência de cada um, as pessoas já sabiam qual seria o nome a prevalecer. Gritos e coros pairavam pelas ruas como anúncio da decisão mesmo antes do resultado oficial. Foi barbada. Tão logo encerrado o dia da escolha, e os homens da prefeitura tinham ajustes a fazer. Foram-se as letras do nome antigo, nenhuma se salvou para proveito. E lá estava o pórtico. Exibido, pronto, passado a limpo. Para além dele havia uma cidade cujo novo nome seria grafado nos mapas agora com tinta fortalecida. Era cidade esforçada em manter rompida ligação com a insignificância. Lá estava o pórtico, Pitágoras e Ludovico de um jeito em que nunca haveriam de envelhecer. Mais parecia a imensa capa de um livro a fazer convite para conhecer esta história que aqui escoa para próximo do desfecho. Lá estava o pórtico. Nele, a combinação das letras formava o novo nome da cidade. Viva Ludovico.

Quando Ludovico morreu, Pitágoras não soube entender a esquisitice de uma sensação. Ludovico era bicho, não falava e nunca haveria de ter meios de dizer alguma coisa em palavras. Mas então por que dali adiante aquela mudez irreversível seria tão penosa de suportar? Foi a notícia ganhar a cidade, e as pessoas choravam como se a falta fosse de membro da família. Em frente à porteira da Arca de Noé agrupou-se multidão em vigília. Não era admitido haver enterro sem cortejo. Fez-se dia histórico, porque não podia deixar de ser histórico o cortejo de um boi. Todos tomavam cuidado de não deixar nem sequer a respiração fazer ruído. Nada cabia melhor que o silêncio e ele só não era senhor absoluto da circunstância por causa de uma pequena intrusão. O girar das rodas da carroça soltava gritos agudos que rasgavam a placidez de onde o cortejo passava. Dentro da carroça, o corpo de Ludovico era pontaria para o arremesso de flores e de lá provocava o forçar dos olhos, o esticar dos pescoços, a escalada das crianças até os ombros dos pais. Era esforço sem medida querer guardar recordação da última vez em que se podia ver passar pelas ruas o realismo daquele corpanzil. Percorridos os cantos da cidade, o cortejo retornou à Arca de Noé. Aos pés da amendoeira, a cova já preparada tinha tamanho incomum. As senhorinhas da associação fizeram Ludovico ser envolto por mortalha costurada às pressas. De todos os lados apareciam voluntários para atar cordas ao corpo. Ludovico desceu à terra sob aplausos, soluços e choradeira. Enquanto o terreno voltava a se aplanar, as tantas pessoas em volta tinham resposta rápida contra a arrogância da finitude. Gritavam forte que era para preservar memória afiada. Aqueles gritos tinham força para ecoar até onde ia longe a posteridade. "Viva Ludovico." "Viva Ludovico."

Ficou a cargo da prefeitura construir mausoléu caprichado. Para lá persistia o fluxo ainda maior de caravanas. Também havia sempre muitos visitantes fazendo cerco às novas estátuas, todas elas referentes a Ludovico, todas elas posicionadas de maneira a favorecer fotografias. A homenagem foi parar em prédios públicos, numa escola recém-construída e na primeira biblioteca da cidade. Dobrava-se uma esquina, olhava-se para cima e lá se viam as fachadas exibidas com o que nelas havia para ler. Unidade de Atendimento Boi Ludovico, Escola Municipal Boi Ludovico, Biblioteca Municipal Boi Ludovico. E se existia tanto gosto pela homenagem, fazia falta um feriado. Mas logo a lacuna se supriu com dia de folga reservado a lembrar cada aniversário da morte de Ludovico. A quem quisesse alegar que nisso tudo havia extravagância, os moradores da cidade não se importavam em dar resposta peremptória. "Isso é coisa nossa." "Viva Ludovico."

Pela cidade crescida e ajustada para o turismo, um homem é visto fazer travessia recorrente. Passeia desfalcado daquele que sempre lhe fazia par. Pitágoras não precisa olhar referências ao redor para animar lembrança sobre Ludovico. De instante em instante, isso de lembrar e sentir saudade é mistura que vem espontânea, sem aviso, sem empurrão. Na altura em que atrás se enxerga o tanto que o passado já se estendeu e à frente o porvir é curto, Pitágoras tem se metido a querer revisar a vida. Olhos suspensos e apontados para o nada, uma reflexão em especial lhe vem povoando a cabeça. Pitágoras pensa sobre como seria se, por força daquelas decisões titubeantes que mudam o curso das coisas, houvesse deixado de prestar resgate a Ludovico. Se assim fosse, certamente haveriam de arrancar a existência de Ludovico em pouco tempo, seus pedaços seriam separados e em seguida dissolvidos por efeito da mastigação de quem o apetite logo reclamasse reposição. Não haveria passeios pela cidade que provocassem alegria na criançada. Pitágoras não teria como se desvencilhar do enrosco com Malu Vulcão. Talvez Anabi não encontrasse meios de retornar. A arena de Jurandir Cartola continuaria a sacrificar pencas de animais. Nunca haveria de ser fundada fazenda de boa destinação e nem por lá se abrigariam bichos desvalidos. Não haveria pórtico, nem obra artística de Guido Lustosa, nem estátuas, nem mausoléu, nem feriado, nem o novo nome da cidade, nem turismo, nem gente com cabeça a erguer. E nem Pitágoras seria o que é.

Ora vejam só. E não é que o homem agora é dado a devaneios de filosofia. Pensando no tempo partilhado com Ludovico, Pitágoras tem espalhado por aí lição que julga ter aprendido. Vida boa, vida boa mesmo é vida bem preenchida. Ludovico viveu.

OUTROS TÍTULOS DA COLEÇÃO

Águas turvas — Helder Caldeira
A cidade das sombras dançantes — Pedro Veludo

composição: Verba Editorial
impressão e acabamento: psi7
papel da capa: Supremo 250 g/m²
papel do miolo: Pólen 90 g/m²
tipologia: Sabon
novembro de 2019

A marca FSC® é a garantia de que a madeira utilizada na fabricação do papel deste livro provém de florestas que foram gerenciadas de maneira ambientalmente correta, socialmente justa e economicamente viável, além de outras fontes de origem controlada.